EMILY FERGUSON

Süßer die Küsse nie schmecken

Weihnachtsliebe in Schottland

ROMAN

Die Autorin

Emily Ferguson wurde 1981 in Killeen/Texas geboren und wuchs in Deutschland auf. Inzwischen wohnt die Autorin mit ihrer Familie in Nürnberg. Sie liebt das Reisen mit dem Rucksack, vor allem in den USA, wo sie sich zu ihren zeitgenössischen, romantischen Romanen inspirieren lässt.

In ihren Geschichten geht es um Abenteuer, die Liebe, Familiengeheimnisse, starke Frauen und ihre Reise, nicht nur in ferne Länder, sondern auch zu sich selbst. Wenn Emily Ferguson nicht schreibt oder unterwegs ist, liebt sie Gesellschaftsspiele mit der Familie, geht in die Natur zum Geocachen oder Wandern und fotografiert mit großer Leidenschaft.

Mehr über Emily und ihre Bücher gibt's im Internet auf emilyferguson.de sowie auf Facebook und Instagram:
www.facebook.com/EmilyFergusonAutorin
www.instagram.com/emily_ferguson_autorin

Für dich.

Ich wünsche dir die süßesten Küsse,
nicht nur zur Weihnachtszeit.

Oh, du grausame …

»Tiefer die Glocken nie hingen als zu der Weihnachtszeit …«

Mrs Culling, die gerade ihr Apartment verließ, während ich schief singend die Tür zu meiner eigenen Wohnung aufschloss, sah mich erstaunt an. Ich warf ihr ein schnelles schelmisches Grinsen zu, schlüpfte durch die Tür und stampfte auf der Fußmatte den Schnee von meinen Stiefeln – oder na ja, das, was London großzügig als *Schnee* bezeichnete. Die Straßen waren nicht mehr als eine matschige Pfütze, aber hier und da konnte man auf einigen Dächern eine leichte Zuckerschicht erkennen, die an die wenigen Flocken erinnerte, die sich heute getraut hatten, vom Himmel herabzufallen.

Ich seufzte. Endlich war ich zu Hause, in der gemütlichen Behaglichkeit meiner winzigen Wohnung, wo ich dem Weihnachtstrubel entfliehen konnte.

Ich schüttelte den Kopf, während ich mich daran erinnerte, dass heute erst der 4. Dezember war. Die Zeit des Jahres, in der Weihnachten über uns hereinbrach wie eine Flutwelle von nervtötenden Evergreens und überdrehten Weihnachtswichteln in den Geschäften, hatte gerade erst begonnen. Als ob das nicht schon genug wäre, blinkten überall diese grellen Leuchtreklamen in den Schaufenstern, die einem einen epileptischen Anfall bescheren konnten.

Doch eines konnte ich der jährlich wiederkehrenden Folterung abgewinnen: Das Beste an Weihnachten, so dachte ich, waren die Naschereien. Zielstrebig steuerte ich mein Schokoladenversteck an. Von Zeit zu Zeit war ich der Meinung, dass ich meinen Zuckerkonsum etwas reduzieren sollte, und das wäre leichter, wenn man die Verlockung nicht gleich vor Augen hatte. Erinnerung an mich: Sich selber hinters Licht zu führen, vor allem wenn es um Schokolade ging, war so unrealistisch wie ein Date mit Santa Claus und somit zum Scheitern verurteilt. Also griff ich beherzt in die Süßigkeitenschublade, meinen Heiligen Gral in dieser düsteren Zeit. Vollbepackt mit Keksen und Schokoladentalern ging ich hinüber in die Küche, um mir eine cremige, heiße Trinkschokolade zuzubereiten. Und da sollte noch jemand sagen, es stecke nicht viel Arbeit darin, innere Glückshormone zu aktivieren. Mit einem Tablett, beladen mit den süßen Versuchungen, schlurfte ich zu meiner Sofaecke und begann mein Training für den Marathon zur Couch-Potato. Drei Kekse vernichtete ich gleich einmal als Aufwärmübung. Dieses Weihnachtsworkout war genau nach meinem Geschmack!

Gerade als ich den ersten Schluck meines Kakaos schlürfen wollte, klingelte das Telefon, und ich verbrannte mir prompt die Zunge. Genervt lallte ich einen Fluch, während ich gleichzeitig versuchte, meine Zungenspitze zu kühlen. Aber als ich auf dem Display den Namen meiner Tante Gladys aufleuchten sah, war ich alarmiert. Tante Gladys war die lebendige Verkörperung von Weihnachten, Glitzer und Fröhlichkeit. Schon ab Anfang September tauschte sie ihre gewöhnlichen Hauskleider gegen einen weihnachtlichen Look. Ihr Kleiderschrank wies eine beachtliche Anzahl an Hauskitteln auf, die übersät waren mit saisonalen Motiven wie Wichteln, geschmückten Tannenbäumen und Rentieren. Natürlich durften auch die dazu passenden bunten Filzpantoffeln nicht fehlen. Ihre schmalen Lippen betonte sie mit farblich darauf abgestimmten Lippenstiften, die stets einen Hauch Goldglitzer enthielten. Es war immer wieder faszinierend, wie sie sich in der Weihnachtszeit verwandelte, obwohl ihr Charakter das ganze restliche Jahr über eher grummelig und unauffällig war.

Ich bevorzugte Tante Gladys von Januar bis Ende August. Aber ich konnte sie nicht ignorieren, auch wenn ich bereits ahnte, was der Grund für ihren ungewöhnlichen Anruf an einem Freitagabend sein könnte. Normalerweise meldete sie sich ausschließlich dienstags bei mir, um zu plaudern und Neuigkeiten auszutauschen, aber ab September war bei Gladys nichts mehr normal.

Ich setzte mich auf, schüttelte die Kekskrümel von meinem Pullover und atmete tief ein, um mich für wenige Sekunden zu sammeln. Schließlich musste ich mich mental auf das Gespräch vorbereiten, denn gleich würde mich eine Lawine aus Weihnachtsbegeisterung und Planungen überrollen.

Nach einigen höflichen Floskeln und der Frage nach unserem jeweiligen Befinden kam Tante Gladys dann wie erwartet zum Punkt. »Es ist Weihnachten. Wann wirst du anreisen?« Ihre Stimme klang erwartungsvoll, als hätte ich Santa Claus persönlich im Gepäck.

Ich verdrehte die Augen, wohl wissend, dass sie es am Telefon nicht sehen konnte. »Es ist Anfang Dezember.«

»Aber es ist Zeit, sich auf Weihnachten vorzubereiten. Wann also können wir mit dir rechnen?«

»Du weißt doch, ich habe hier in der Redaktion so viel zu tun, und jetzt stehe ich kurz davor, endlich mein Ziel zu erreichen. Unser Chefredakteur wird in Kürze entscheiden, wer die offene Stelle im Lifestyle-Sektor bekommt, und das bedeutet, dass ich mich da gerade voll reinhängen muss. Aber ich denke, im Frühling sollte ich es schaffen, euch zu besuchen.«

»Im Frühling? Dir ist schon bewusst, dass Weihnachten im Dezember ist und nicht etwa im März, Charlotte?« Tante Gladys sagte das so ernst, als könnte sie wirklich annehmen, dass ich nicht mehr in der Lage war, die Jahreszeiten auseinanderzuhalten. »Ich finde, du solltest endlich nach Hause kommen. Du bist jetzt schon das fünfte Jahr in Folge an Weihnachten nicht hier und ... ja, im Moment geht es mir gesundheitlich gut, aber wer weiß, wie lange das so bleiben wird.«

Ich hielt die Luft an. Unglaublich, dass sie wieder ihre »*Ich könnte bald sterben*«-Nummer abzog. Die beherrschte sie perfekt – und ja, sie zog. Ergeben atmete ich aus. »Gerade hast du noch gesagt, dass es dir gesundheitlich gut geht, also ...«

»Liebes, was ist in meinem Alter schon gewiss? Denk wenigstens darüber nach. Du solltest an den Feiertagen bei deiner Familie sein und nicht allein in London.«

»Weihnachten allein verbringen? Das hört sich für mich großartig an.« Den Anflug von Sarkasmus in meiner Antwort konnte ich nicht unterdrücken.

»Was hast du nur gegen die wundervolle Weihnachtszeit? Das war nicht immer so, Charlotte. Früher hast du Weihnachten geliebt, du warst diejenige, die mit mir im September anfing, alles zu dekorieren. Wieso hat sich das mit deinem Umzug nach London geändert? Ich habe dich großgezogen, und du warst immer voller Freude und Begeisterung für das Fest.« Sie seufzte, bevor sie fortfuhr: »Der weihnachtliche Geist wird dich wiederfinden, du musst es nur zulassen. Man wird ihn nicht einfach los, er ist tief in dir verwurzelt. Hinter einer Tür, die du verschlossen hältst.«

Hatte sie *weihnachtlicher Geist* gesagt? Ich grinste. Falls es so einen Geist gäbe, bräuchte ich dringend Schneeschuhe mit Spikes, damit ich auch bei Eisglätte so schnell weglaufen konnte wie nur möglich. Mit einem Bleistift notierte ich ein paar Worte auf einem der Notizzettel, die überall um mich herumlagen, für den Fall, dass mir eine gute Idee kam. *Auf der Flucht vor dem Weihnachtsgeist* – das könnte ein witziger Artikel werden.

»Bist du noch dran, Charlie?«

»Die Zeiten ändern sich, Tante Gladys. Und jetzt muss ich mich auf meinen Beruf konzentrieren. Oder glaubst du, ich bin umsonst nach London gegangen?«

»Seit zwei Jahren erzählst du mir schon etwas von deinem beruflichen Aufstieg in der Redaktion. Wann ist es denn nun endlich so weit? Meines Erachtens halten sie dich hin und benutzen dich als billige Arbeitskraft.«

Da war sie also wieder, die allseits bekannte Weihnachtsmissionarin Tante Gladys, die mit ihren Überredungskünsten so viel Freude verbreitete wie eine verbrannte Weihnachtsgans. Es war an der Zeit, dieser Predigt ein Ende zu setzen, denn auf eine ausufernde Diskussion hatte ich heute Abend wirklich keine Lust. Mein innerer Kompass zeigte eindeutig in Richtung »schnellstmögliches Abwimmeln«.

Ich erinnerte mich an einen Artikel, den ich mal gelesen hatte, über die Kunst des Lächelns bei unangenehmen Gesprächen. Vielleicht sollte ich es mal ausprobieren, um mein Gegenüber in eine positive Richtung zu lenken?

Nun ja, schaden würde es nicht, also setzte ich mein breitestes Lächeln auf, als ob ich gerade den Jackpot im Weihnachtslotto gewonnen hätte. Vielleicht würde Tante Gladys mein Lächeln spüren, auch wenn sie es nicht sehen konnte. »Tante Gladys, du musst verstehen, dass das der normale Weg einer Journalistin ist. Man fängt unten an und kämpft sich nach oben. Und jetzt habe ich endlich die Chance, mich zu etablieren.«

Sie schnaubte skeptisch. »Ja, so kann man das billigen, motivierten Mitarbeitern auch einreden«, erwiderte sie mit einem schnippischen Unterton. »Wie auch immer. Was ist denn nun mit Weihnachten?«

Ablenkungsversuch gescheitert, und meine Ungeduld wuchs. Tante Gladys ließ nicht locker.

»Ich sagte doch gerade, dass es nicht geht!«

Es entstand eine peinliche Stille auf der anderen Seite der Leitung, und ich stöhnte leise auf. Ein unausgesprochenes Wort von Gladys hatte mehr Gewicht als tausend gesprochene.

Ich räusperte mich und versuchte, einen Kompromiss zu finden, der meine Tante vielleicht besänftigen würde. »Gut, ich werde es mir überlegen, aber mach dir nicht zu viele Hoffnungen.«

Obwohl das Gespräch mit Gladys gefühlt schon Stunden her war, konnte ich mich einfach nicht auf das Fernsehprogramm konzentrieren. Überall wurde von Weihnachten geplappert. Weihnachtliche Jingles in jeder verdammten Werbung: hier ein Weihnachtsgeschenk kaufen, da das Weihnachtsessen besorgen. Weihnachten, Weihnachten, Weihnachten!

Ich konnte es nicht mehr hören, also schaltete ich den Fernseher aus und schnappte mir ein Buch. Ein Sommerbuch, um mich mental aus dieser Weihnachtsfalle zu befreien. Doch auch hier fand ich keinen richtigen Zugang, und meine Gedanken kreisten unentwegt um das Telefonat mit Tante Gladys.

Und dann vibrierte mein Handy schon wieder. Das durfte doch nicht wahr sein. Tante Gladys hatte ihre Geheimwaffe geschickt: Liz, meine Schwester, die mit Sicherheit nicht ohne Munition daherkam.

Liz:
Ruf mich an. Wie kann es sein, dass du schon wieder nicht zu Weihnachten auftauchst? Das ist doch nicht dein Ernst!

Dann vibrierte es erneut. *Ich weiß, dass du da ...*, las ich in der Voranzeige. Liz würde nicht aufgeben, das hatte sie hundertprozentig von Gladys geerbt. Also rief ich sie an.

»Ich habe es Tante Gladys schon erklärt. Ich bin hier mitten in meinem Karrieresprung«, rechtfertigte ich mich, bevor sie überhaupt zu Wort kam.

Doch Liz ließ sich nicht beirren. Ihre Stimme war energisch, als sie antwortete: »Deine Karriere kann wohl mal zwei Wochen pausieren, oder? Es kann doch nicht sein, dass du dich zu Weihnachten schon wieder in London vergraben willst. Also, was bitte hindert dich daran, über die Feiertage nach Hause zu kommen?«

Der verdammte Weihnachtsfluch

Endlich war wieder Montag, und meine Vorfreude auf die Arbeit war kaum zu bändigen. Heute würde alles entschieden werden, heute würde meine Karriere den Aufschwung erleben, von dem ich so lange geträumt hatte. *»So What!«* suchte nach festem Personal, und ich war mir zu hundert Prozent sicher, dass ich die Richtige für den Job war. Schließlich gab ich hier seit fast zwei Jahren mein Bestes, und jetzt war es an der Zeit, dass meine harte Arbeit endlich belohnt wurde. Die Lifestyle-Abteilung würde mir gehören, und ich konnte es kaum erwarten, endlich in diese aufregende Welt einzutauchen.

Nicht einmal der Schnee, der ausnahmsweise einmal in dicken Flocken vom Himmel fiel und die Straßen bedeckte, konnte meine Euphorie trüben. Ich war so fokussiert auf meinen Traum, dass ich die Kälte nicht bemerkte, als ich mich auf meinen kurzen Arbeitsweg von Soho zur Redaktion in West End machte.

Wie immer hielt ich bei *Costa Coffee* an, um meinen Kollegen und mir unsere tägliche Dosis Koffein zu besorgen. Fünf Cappuccinos sollten uns zumindest durch die ersten Stunden des Tages bringen. Es war eine kleine Geste, aber es machte mich glücklich, meinen Beitrag zum Team zu leisten und ihnen den Start in den Tag zu versüßen.

Zur Redaktion waren es nur noch drei Querstraßen, und ich balancierte vorsichtig über die eisigen Gehwege, die Kaffees jonglierend und in meine Gedanken versunken. Doch dann blieb mein Blick an zwei Personen hängen, die auf der gegenüberliegenden Straßenseite vor einem Hotel standen. Irritiert sah ich genauer hin. Tatsächlich, es waren Linda, eine meiner Kolleginnen, und Paul, unser Chefredakteur, dicht nebeneinander und mit einem Gesichtsausdruck, der mehr als nur Kollegialität zwischen ihnen verriet. Das konnte doch nicht wahr sein! Ich kniff die Augen zusammen, um meinen Blick schärfer zu stellen. Ja, es gab keinen Zweifel – Paul strich Linda eine Haarsträhne zur Seite und küsste sie auf die Wange. Sie sah zu ihm auf, und der Blick, mit dem sie ihn anhimmelte, sprach Bände. War das zu fassen?

Linda war erst seit ein paar Monaten in der Redaktion, und mit ihren langen blonden Haaren und ihrer attraktiven Ausstrahlung hatte sie die männliche Belegschaft im Sturm erobert. Sie wusste genau, wie sie in den richtigen Momenten süß lächeln musste, und hatte dazu noch eine schlagfertige, oft eindeutig doppeldeutige Art, die ich persönlich nicht leiden konnte. Aber bei den anderen schien sie anzukommen.

Ich schob meine Gedanken zur Seite und überquerte die Straße, um zur Redaktion zu gelangen. Doch ein seltsames Gefühl in der Magengegend begleitete mich dabei. Vielleicht hatte ich auch zu viel hineininterpretiert, und Pauls Kuss war freundschaftlicher Natur gewesen. Eigentlich ging es mich auch nichts an, was er in seiner Freizeit trieb und mit wem.

»Wie ihr wisst, habe ich einen Posten zu vergeben.« Paul blickte gelangweilt in die Runde der Journalisten und wenigen Assistenten, zu denen auch Linda und Patrick gehörten – wobei Patrick keine wirkliche Konkurrenz für mich darstellte, da er es immer wieder schaffte, selbst die kleinsten Aufträge zu vermasseln. Ich sah zu Linda, die angestrengt auf ihr Papier starrte und offensichtlich jeden Blickkontakt mit Paul vermied.

Wie auch immer, dies war mein Moment, meine Chance. Ich straffte den Rücken und lächelte in die Runde, bekam sogar ein zustimmendes Nicken von Maggie, der Dienstältesten in der Redaktion. Während Paul monoton etwas von der deutlich verbesserten wirtschaftlichen Lage des Magazins erzählte – er hatte diese Angewohnheit, selbst bei guten Nachrichten zu klingen, als ginge es um einen bevorstehenden, nicht abzuwendenden Weltuntergang –, konnte ich spüren, dass es nun so weit war.

Endlich hatte er aufgehört, Umsätze aufzuzählen, die einen schwindlig werden ließen, und räusperte sich. »Charlie, ich weiß, du hast auf diese Chance gehofft, aber ich glaube, du bist noch nicht so weit für den Posten im Lifestyle-Bereich. Der Job geht an Linda. Danke für deine großartige Arbeit.« Der letzte Satz galt Linda, der er sich jetzt zugewandt hatte. Diese quittierte sein Lob mit einem breiten Lächeln.

Für einen Moment herrschte im Besprechungsraum eine solche Stille, dass selbst eine fallen gelassene Stecknadel ein Echo erzeugt hätte. Die Verwunderung aller war spürbar, und die ersten mitfühlenden Blicke erreichten mich. Ich schloss für einen Moment die Augen, als könnte ich so dieser unangenehmen Situation entkommen. Das konnte doch nicht wirklich passiert sein, oder? In meinem Hals hatte sich ein Kloß gebildet, so groß, dass er sich einfach nicht hinunterschlucken ließ. Selbst wenn ich etwas hätte sagen wollen, wäre das nicht möglich gewesen. Enttäuschung und Wut vermischten sich und wucherten wie ein bösartiger Tumor in mir heran. Angestrengt blinzelte ich die Tränen aus meinen Augen.

Der Klingelton von Pauls Handy – ausgerechnet *»Last Christmas«*, das grausamste aller Weihnachtslieder – beendete dann endlich die Sitzung.

Die Stunden schleppten sich quälend langsam dahin, und als ich endlich auf dem Heimweg war, stellte ich mir fortlaufend dieselbe Frage, die mich schon den ganzen Tag gefoltert hatte: Warum zur Hölle musste in meinem Leben alles schiefgehen? Warum wurde ich immer übergangen und einfach nicht wahrgenommen?

Diese Gedanken quälten mich und wanden sich wie kleine Bohrer tief in mein Herz. Ich fühlte mich unsichtbar, bedeutungslos. Der Frust stach mit stumpfer Klinge wieder und wieder in mein Herz. Ein Schmerz, den ich aus der Vergangenheit kannte und der sich natürlich ausgerechnet jetzt bemerkbar machte, im Dezember, zur Weihnachtszeit, wie in jedem der verfluchten letzten fünf Jahre. Seit Anbeginn meiner Pechsträhne eben.

Die Szene, in der ich Liam die mit rotem Band umwickelte Papierrolle mit meinem für ihn geschriebenen Song überreichte, spielte sich wie ein Film vor meinem inneren Auge ab. Sogar der Duft von Punsch und Plätzchen schien in der Luft zu hängen, obwohl ich mich mitten durch die verschmutzte und laute Stadt kämpfte. Dann die Erinnerungen an den Tag, an dem er mich verließ, um mit Natalie, der Frontsängerin seiner Band, auf Tour zu gehen. Und das kurz vor Weihnachten. Ein Jahr später dann die Offenbarung, dass Natalie und Liam ein Paar waren. Wieder kurz vor Heiligabend.

So zog es sich seither wie ein roter Faden durch mein Leben. Jedes Jahr im Dezember kündigte sich eine neue Katastrophe an. So auch letztes Jahr, als Brian urplötzlich nicht mehr mit mir zusammenziehen wollte. Er hatte auf der Weihnachtsfeier seines Unternehmens eine Frau kennengelernt, bei der er – Zitat – zum ersten Mal gespürt habe, was wahre Liebe sei. Arschloch. Bis heute standen noch einige Kartons mit seinen Sachen in meinem Schlafzimmer.

Von wegen Weihnachtsgeist. Es fühlte sich eher an wie ein Fluch, den ich jedes Jahr zu dieser Zeit durchlebte. Und am heutigen Tag, das spürte ich genau, begann mein eigenes beschissenes Weihnachtsmärchen erneut.

Verdammter Job, verdammtes Weihnachten, verdammter Liam.

Der Wichtelkönig

»Das ist doch nicht dein verdammter Ernst!« Schockiert betrachtete ich das grauenhafte Gewand, das Clarence seinem Yorkshireterrier Bobby angezogen hatte. Ein roter Pullover mit Rentiermotiven und einem grellen Schneemann auf dem Rücken. Sogar rote Schühchen trug der arme Hund. Bobby, der normalerweise so elegant und stolz durch die Gegend spazierte, wirkte jetzt wie ein lächerliches Weihnachtsplüschtier. »Was soll das sein? Ein lebendig gewordener Christbaumschmuck?!«

Clarence, mein guter Freund, seit wir in unserer Studienzeit zusammen in einer WG gelebt hatten, schüttelte den Kopf und bedachte mich mit einem vorwurfsvollen Blick. »Weißt du, Charlie, ich liebe dich sehr, aber dass du immer so fluchen musst ... Mit deinem roten Haar, deiner blassen Haut und diesen honigbraunen Augen siehst du aus wie ein zuckersüßes Sahnedessert. Aber wenn du fluchst, ist es, als würde plötzlich jemand Essig über das süße Vergnügen träufeln. Diese Worte aus deinem Mund –

es steht dir nicht und ist zudem nicht die feine englische Art.«

»Das liegt wahrscheinlich an der Tatsache, dass ich Schottin bin. Dennoch, danke für das Kompliment.«

Clarence hob eine Braue und rührte dann kopfschüttelnd in seinem Tee. Sollte er seinem Hund doch anziehen, was er wollte, was interessierte es mich. Ich wollte einfach nur den Abend mit meinem Freund genießen und mich ablenken. Über Linda lästern und über Paul und überhaupt über diese ganze Sache.

Also stupste ich Clarence leicht gegen die Schulter. »Ich verspreche, ich werde nicht wieder fluchen.«

Er winkte ab – für mich das Signal, jetzt endlich weiterzusprechen und das loszuwerden, was mich gerade so sehr bewegte.

»Weißt du, ich komme einfach nicht drüber hinweg. Ich verstehe nicht, wie es sein kann, dass heutzutage Methoden, wie Linda sie wählt, um auf der Karriereleiter voranzukommen, noch immer ziehen. Frauen, die mit ihrem Vorgesetzten schlafen, um ihre Wunschposition im Job zu ergattern. Das alles hatte ich bisher für Klischees gehalten, im besten Fall für Ausnahmen. Und Paul! Was ist das für ein ... ein arroganter ... Wichtelkönig!«

Clarence lachte leise. »Du hast schon wieder geflucht, Liebes. Aber du hast recht, diese Welt kann manchmal ein absurdes Theater sein.«

»Oh bitte, Clarence. ›Wichtelkönig‹ ist nicht geflucht. Und ich kann bei diesem Thema einfach nicht an mich halten. Das alles geht mir nicht aus dem Kopf. Kannst du mir das erklären? Warum werden solche

Methoden belohnt? Warum scheinen anständige, harte Arbeit und Integrität nichts mehr wert zu sein?«

Clarence strich beruhigend über meinen Arm. »Es tut mir leid, dass du so frustriert bist, Liebes. Aber das Leben ist oft ungerecht. Es gibt Menschen, die unethische Wege gehen, um zu bekommen, was sie wollen. Aber glaub mir, das Karma wird zurückschlagen. Du bist eine außergewöhnliche Frau, und ich bin mir sicher, dass deine harte Arbeit und dein Einsatz dich weit bringen werden.«

»Und wann soll das sein? Meine Zukunft hängt an diesem Job. Es geht hier um die Stelle als Journalistin bei *›So What!‹*. Klar, Linda ist Absolventin der Universität Oxford, und ja, ich gebe zu, sie ist talentiert, aber ich bin um Längen besser, Paul weiß das.« Ich hasste mich selbst für die Verzweiflung in meiner Stimme.

»Schätzchen, wie du siehst, sind eben andere Qualitäten für ihn wichtig. Ich finde sowieso, du verschwendest deine Zeit in der Redaktion. *›So What!‹* ist doch nicht der Nabel der Welt. Es gibt noch andere, sehr gute Zeitschriften«, entgegnete Clarence mit besorgtem Blick.

»Jetzt fängst du auch noch an. *›So What!‹* ist das Magazin, bei dem ich immer arbeiten wollte. Und daran wird auch diese Linda nichts ändern«, verteidigte ich mich energisch.

Clarence zuckte mit den Schultern. »Und wie lange willst du noch als Assistentin arbeiten? Ich meine, irgendwann muss es doch mal weitergehen. Wenn du unbedingt bei *›So What!‹* bleiben willst, solltest du noch mal das Gespräch mit diesem Paul suchen. Vielleicht gibt es ja noch eine andere Stelle, möglicherweise nicht im Lifestyle-Bereich, aber etwas Kleineres, etwas, womit du dich beweisen kannst.«

Ich spielte mit meinem Scone und ließ die Krümel auf den Teller fallen. Hätte ich doch lieber die saftige Schokoladentorte gewählt. Meine Gedanken wirbelten durcheinander, während ich über seine Worte nachdachte. »Vielleicht sollte ich darüberstehen. Im Grunde genommen weiß ich ja nicht offiziell, was zwischen denen läuft, auch wenn ich es mir natürlich vorstellen kann. Und bei Gott, ich kann es mir nicht nur vorstellen, es ist so, das weiß ich ganz genau. Dennoch, das Magazin ist groß. Vielleicht hast du recht, und ich habe in einem anderen Bereich eine Chance.«

Clarence lächelt ermutigend. »Das ist mein Mädchen, du gibst nicht auf! Bravo! Und jetzt lass uns noch ein bisschen spazieren gehen.« Er trank den letzten Schluck seines Tees, schaute aus dem Fenster, und ich folgte seinem Blick. »Das Wetter ist wundervoll.«

»Das nennst du wundervoll? Die Matschpampe da draußen?« Ich seufzte frustriert, während ich durch das Fenster des Cafés nach draußen sah. Die Schneeflocken fielen unaufhörlich vom Himmel, und die vorweihnachtliche Stimmung war allgegenwärtig. Ich war genervt.

Clarence dagegen war völlig in seinem Element. »Es schneit, bald ist Weihnachten. Auch wenn ich weiß, dass du – aus welchen Gründen auch immer – eine krankhafte Abneigung gegen Weihnachten hegst, musst du mir helfen. Ich brauche noch ein Geschenk für meinen Mann.« Er blickte mich mit großen, bittenden Augen an.

»Muss das sein? Jetzt bei dem Trubel? Shopping zur Weihnachtszeit ist wie ein Marathon durch eine Menschenmasse in Tannenbaumkostümen: einfach nur nervig und aufreibend. Es macht mich wahnsinnig.«

»Aber du bist meine Freundin, und deswegen wirst du es trotzdem tun, nicht wahr?« Clarence grinste mich verschmitzt an und zwinkerte. »Wie kann man dem Zauber von Weihnachten in London nur entfliehen wollen? Charlie, ich verstehe es nicht. Siehst du denn nicht auch überall die kleinen verwunschenen Straßen mit den funkelnden Lichtern und den liebevoll dekorierten Fenstern und Auslagen? Die Äste der Bäume schimmern im sanften Licht, und die Menschen lachen fröhlich und sind voller Freude.« Clarence schwärmte unaufhörlich, während ich innerlich mit Brechreiz kämpfte.

»Oh bitte«, unterbrach ich ihn, bevor er weiter in seine Weihnachtsbegeisterung abtauchen konnte. »Ich helfe dir dabei, ein Geschenk für deinen Mann auszusuchen, aber verschone mich mit diesem Kitsch. Das alles ist doch nur reine Geldmacherei, nichts weiter. Ich meine, ich habe nichts dagegen, wenn ihr das braucht, aber warum kann einfach niemand akzeptieren, dass das alles für mich nichts ist?«

»Weil es unwahrscheinlich ist, Charlie. Weil Weihnachten Liebe ist, Fröhlichkeit – und du bist es auch. Wenn du auch bisweilen etwas kantig bist und fluchst wie ein Rohrspatz, so bist du dennoch ein lustiger Mensch und sicher nicht kaltherzig. Sonst wäre ich wohl nicht so gut mit dir befreundet, oder?« Sanft legte er mir seine Hand auf die Schulter.

»Keine Ahnung, was dich antreibt, aber du bist gerade dabei, unsere Freundschaft mit deinem Gesäusel zu riskieren. Also, was willst du für deinen Mann kaufen? Lass es uns hinter uns bringen.«

Am nächsten Morgen stand ich wie gewohnt vor Arbeitsbeginn im Büro, doch diesmal pochte mein Herz so stark, als wollte es aus meiner Brust springen. Ich hatte die ganze Nacht darüber nachgedacht, wie ich Paul erklären sollte, dass es für mich so unfassbar wichtig wäre, endlich eine eigene Position als Journalistin im Magazin zu bekommen.

Unsicherheit und Selbstzweifel nagten an mir, als ich endlich den Mut fand, sein Büro zu betreten. Vor allem, weil ich mich selbst allzu gut kannte. Ich konnte mit Worten wirklich gut umgehen, nur leider ausschließlich auf dem Papier. In Gesprächen war ich nicht gerade diplomatisch. Aus einem Kritikgespräch eine ausgewachsene Auseinandersetzung zu provozieren, war zwar eine meiner Kernkompetenzen, aber die hatte mich bis jetzt nicht im Geringsten weitergebracht. In solchen Situationen verfluchte ich bisweilen meine große Klappe. Konnte man solche Dinge nicht einfach schriftlich austragen?

Kaum hatte ich die Tür hinter mir geschlossen, spürte ich die Ignoranz, die Paul mir entgegenbrachte. »Charlie, was gibt's? Ich habe nicht viel Zeit, du weißt ja, wie das ist.«

Seine Worte durchbohrten mich wie Eispfeile, und ich schluckte die Bemerkung hinunter, dass ich gerne wissen würde, wie es ist, denn im Moment hatte ich ja nichts anderes zu tun, als auf Zuruf für andere zu arbeiten. Reiß dich zusammen, ermahnte ich mich in Gedanken.

»Ja, also ... darf ich mich setzen?«

Paul hatte es nicht einmal für nötig gehalten, mir einen Platz anzubieten. Ich räusperte mich, um auf mich aufmerksam zu machen. Er nickte beiläufig, würdigte mich aber keines Blickes. Der Kloß in meinem Hals wurde immer größer, doch ich nahm all meinen Mut zusammen.

»Es geht um eine Festanstellung. Paul, wie du weißt, bin ich schon so lange in der Redaktion, und ich glaube, ihr könnt zufrieden mit meiner Arbeit sein. Ich habe Ideen!« Nervös kramte ich in meiner Tasche, um ihm einige der Notizen, die ich bereits seit Wochen mit mir herumtrug, zu präsentieren. Klar, dass ich erst mal nur einen Schokoriegel fand. Verdammt!

Paul schaute mich emotionslos an, und dennoch war die Spannung in der Luft förmlich greifbar. Seine kalte Reaktion traf mich tief. Hatte ich mir meine Chancen zu groß ausgemalt?

Ich presste meine Lippen zusammen und zwang mich, ruhig zu atmen, bis er endlich reagierte. »Du musst noch Erfahrungen sammeln. Du bist noch nicht so weit, Charlie.«

Sein überheblicher Ton stachelte die Wut, die sich immer deutlicher in mir zusammenbraute, an. »Erfahrungen? Ich arbeite mittlerweile seit drei Jahren hier und bin keine Anfängerin mehr. Aber vielleicht wäre mein Engagement mehr aufgefallen, wenn ich wasserstoffblonde Haare hätte.« Verdammt! Wie konnte die Wut in meinem Bauch es bis zu meinen Lippen schaffen? Ich bereute meine Worte, kaum dass ich sie ausgesprochen hatte. Wie konnte ich nur so unüberlegt sprechen?

Der Raum schien noch enger zu werden, als Paul sich erhob, um seinen Schreibtisch zu umrunden und sich direkt neben mich zu stellen. Seine autoritäre Präsenz ließ mich schlucken, doch auf keinen Fall wollte ich klein beigeben und erhob mich ebenfalls.

»Unterstellst du mir da etwas, Charlie?«

Ich erstarrte unter seinem durchdringenden Blick, schluckte den Kloß in meinem Hals hinunter und suchte nach Worten, die ich klüger wählen wollte. »Nein, Paul, das liegt mir fern. Es ist nur ... frustrierend.« Warum nur zitterte meine Stimme, während Paul mich mit skeptischer Miene nicht aus den Augen ließ? Jetzt durfte ich nicht zurückweichen. »Ich liebe meinen Job und habe so viel Leidenschaft in mir, aber ich habe das Gefühl, dass meine Bemühungen nicht geschätzt werden.«

Pauls Augen blitzten auf, und er schnaubte verächtlich. »Bemühungen allein reichen nicht für eine Festanstellung bei ›*So What!*‹. Es braucht mehr als nur Leidenschaft, um hier erfolgreich zu sein.«

»Und was ist mit Linda? Ist da mehr als Leidenschaft? Von welchem Potenzial sprechen wir überhaupt? Im Grunde habe ich doch gar keine Chance, es sei denn, ich beweise mein Engagement zwischen den Laken eines billigen Hotelzimmers.« So, jetzt war es raus! Und diesmal meinte ich meine Worte zu ernst, um sie zu bereuen.

Pauls Gesichtsfarbe veränderte sich in ein bedrohliches Rot, während er mich mit zusammengekniffenen Augen anstarrte. Dann atmete er tief durch, ging wieder zurück an seinen Platz, nahm seinen Stift in die Hand und widmete sich seinen Unterlagen.

Er ignorierte mich? Schon wieder? Ich ballte meine Hände zu Fäusten. »Paul, verdammt! Was soll das?«

Er blickte zu mir auf und musterte mich einen Moment, bevor er mit kalter Stimme antwortete: »Du wirkst gestresst, Charlie, du solltest dir bis nach den Weihnachtsfeiertagen Zeit nehmen, um dich zu entspannen. Du hast noch einiges an Resturlaub. Nimm ihn!«

Seine Worte trafen mich wie ein Schlag ins Gesicht. War das sein Ernst?

»Urlaub? Ich brauche keinen, ich ... ich brauche eine Festanstellung als Journalistin und ...«

Paul unterbrach mich. »Du solltest von Glück sprechen, dass ich dich nicht sofort hinauswerfe. Überspanne den Bogen nicht. Und jetzt habe ich zu tun!« Seine eisige Stimme durchdrang den Raum, während die Frustration in mir hochkochte.

Wütend fuhr ich hoch, meine Selbstkontrolle schwand, und ich konnte die aufgestaute Enttäuschung nicht mehr zurückhalten. »Bis zuletzt hatte ich geglaubt, mich zu irren, doch hätte ich das gewusst, dann wäre ich heute Morgen im Minirock und mit High Heels erschienen! Sind das die Kompetenzen, die mich hier weiterbringen?«

Pauls Augen funkelten vor Zorn, und sein Gesicht verzerrte sich zu einer finsteren Maske. »Raus!«, knurrte er, und seine Stimme hallte bedrohlich durch den Raum. »Am besten du gehst sofort in deinen Urlaub. Du willst eine herausfordernde Aufgabe? Wie wäre es, wenn du dich um die Jahreshoroskope kümmerst? Denn ganz offensichtlich hast du in deiner Tasche keine bahnbrechende Story für mich, oder?« Spöttisch blickte er auf meine Tasche, in der ich gerade noch gewühlt hatte. »Du hast ja jetzt genug Zeit, etwas zu entwerfen. Und komm ja nicht auf die Idee, platte 0815-Texte zu erstellen. Schließlich ist das hier ›*So What!*‹. Abgabetermin ist der 29. Dezember, und dann werde ich entscheiden, ob und wie deine Zukunft hier aussehen wird. An deiner Stelle würde ich mich allerdings schon mal woanders umsehen.«

Glenhaven und der Weihnachtswahnsinn

»Louis, Sarah, ich telefoniere, geht raus! Draußen liegt Schnee, macht irgendwas, aber bitte lasst mich in Ruhe mit eurer Tante sprechen.«

Ich hielt das Telefon von meinem Ohr weg, schmunzelte und drückte mir ein Toffee aus der Verpackung. Liz war bewundernswert. Wie sie mit den Zwillingen trotz allem so gut zurechtkam, obwohl sie alleinerziehend war und die beiden nichts unversucht ließen, ihre Umwelt auf den Kopf zu stellen. Und dann war da noch Tante Gladys, um die sie sich ebenfalls kümmern musste.

»Die können einfach keine Ruhe geben. Ich meine, sie sehen doch, dass ich telefoniere, nebenbei am Kochen bin und aufräume«, sagte sie jetzt zu mir.

»An deiner Stelle wäre ich bereits reif für die Klapse. Woher nimmst du nur die Energie? Ist Tante Gladys auch zu Hause?«

»Die ist bei Onkel Pete im Altenheim.«

»Hat sich sein Zustand verschlechtert?«

»Na ja, der alte Pete ist er ja schon lange nicht mehr. Als Gladys das letzte Mal aus dem *St Joseph's* zurückkam, erzählte sie, er hätte sie mit seiner Mutter verwechselt. Aber du kennst sie, nach außen hin tut sie immer so, als wäre sie so betroffen. Auf der anderen Seite hat man den Eindruck, sie freut sich direkt, dass er weg ist.«

»Wie kannst du so etwas sagen, Liz?«

»Ist doch so. Wie auch immer, wie läuft's bei dir? Gibt es etwas Neues aus dem Job? Du hast mir kürzlich von einem Meeting erzählt, auf das du hingefiebert hast. Wie ist es gelaufen?«

Bisher hatte ich konsequent vermieden, über den Job zu reden. Und doch nagte das Geschehene so sehr an mir, dass ich es nun doch nicht für mich behalten konnte. Also erzählte ich ihr die Geschichte, und als ich fertig war, schwiegen wir für einen Moment.

»Und er hat dich in den Urlaub geschickt?«, durchbrach Liz dann die Stille.

»Ja, und ich soll die Jahreshoroskope erstellen. Stell dir das mal vor! An meinen freien Tagen. Darf er das überhaupt verlangen? Und wofür? Dafür, dass ich nicht sicher sein kann, ob ich später überhaupt noch einen Job habe oder nicht.«

Liz schnalzte mit der Zunge. »Um ehrlich zu sein, wundere ich mich, dass er dir nicht gleich gekündigt hat. Du hast ihm schließlich einiges vor den Latz geknallt.«

Ich stöhnte bei der Erinnerung auf. »Wahrscheinlich hat er Sorge, dass ich seine Affäre auffliegen lasse. Schließlich ist er verheiratet und hat Kinder.«

»Widerlich! Ich habe dir doch gesagt, diese Redaktion ist nicht die Hälfte wert von dem, wofür du sie gehalten hast. Aber wenn du schon Zwangsurlaub hast, komm doch nach Hause.«

Ich schluckte. Tatsächlich hatte ich für einen kurzen Moment überlegt, nach Schottland zu fahren. Hier in London, ohne Arbeit und inmitten des Wahnsinns der Weihnachtszeit, fiel mir ohnehin nichts anderes ein, als mir jeden Abend etwas zu essen zu bestellen und über dämlichen Horoskopideen zu brüten, als ob ich Astrologin wäre.

Doch etwas hielt mich zurück. Und eigentlich war es nicht irgendetwas. Ich wusste genau, was es war. Nirgends war die Weihnachtszeit verrückter als in Glenhaven. Sicher würde ich mein ohnehin schon nicht vorhandenes Glück nicht auch noch provozieren, indem ich mich in die wahr gewordene Weihnachtshölle begab. Denn mit Weihnachten war ich durch, ein für alle Mal.

»Ich weiß es noch nicht. Ich bin ... Ich habe keine Ahnung, ich bin so durcheinander. Ich möchte einfach nur ... Warum kann nicht *einmal* in meinem Leben etwas funktionieren?«

»Schwesterherz, ist das nicht ein wenig theatralisch? Du bist gesund und talentiert. Einen Job bekommst du auch woanders, schließlich schreibst du unheimlich gute Texte. Außerdem hast du uns, deine Familie. Aber dich von diesem Paul so runterziehen zu lassen – das bist doch nicht du. Dass du ernsthaft diese Horoskope schreiben willst, ist doch weit unter deinem Niveau. Bewirb dich woanders, und irgendwann wird dieser

Paul es bereuen, dich nicht behalten zu haben, glaube mir. Und was Weihnachten betrifft, meine Güte, und wenn du mir einfach nur zur Hand gehst? Es geht nicht darum, dass du hier auf fröhliche Weihnachten machen sollst. Aber wir sind hier, wir sind deine Familie. Was willst du denn allein in London?«

Ich dachte einen Moment über ihre Worte nach, und sie hatte im Grunde recht. Selbst Clarence würde die Feiertage mit seinem Mann auf dem Landgut seiner Eltern in Somerset verbringen. Und neben Selbstmitleid war auch der Glaube an Schicksal oder Aberglaube nichts, an dem ich mich normalerweise festhielt. Außer zur Weihnachtszeit ...

»Ich denke darüber nach, versprochen.«

Liz schnalzte erneut mit der Zunge. »Das habe ich schon oft gehört. Aber wir vermissen dich. Die Kinder haben dich auch schon ewig nicht mehr gesehen. Schließlich bist du die einzige Tante, die sie haben.«

Nachdem ich nicht mehr bis spät am Abend im Büro festsaß, schlenderte ich gedankenverloren durch die Straßen Londons. Die Umrisse der historischen Gebäude verschmolzen mit dem Dunkelblau des klaren Nachthimmels, und der kalte Wind trug das entfernte Lachen der Menschen und das leise Summen eines Straßenmusikers zu mir herüber.

Die ungewohnte Freizeit, gerade zur Weihnachtszeit, überforderte mich. Normalerweise hätte ich mich mit Arbeit eingedeckt, um mich von den Erinnerungen der letzten Jahre abzulenken. Doch nun drängten sich die

Gedanken an das Erlebnis, mit dem alles begonnen hatte, unaufhaltsam in meinen Kopf.

Obwohl es bereits fünf Jahre zurücklag, fühlte es sich an, als wäre es erst gestern passiert. Gerade deshalb konnte ich mir einfach nicht vorstellen, jetzt nach Hause zu fahren. Obwohl ich meine Familie vermisste. Diese bunte, verrückte Truppe – allen voran Liz, die in der Küche neue Gersteneintöpfe kreierte, und die Zwillinge, die nichts unversucht ließen, Chaos zu veranstalten. In meinem Kopf malte ich mir aus, wie Tante Gladys in einem ihrer Hauskittel im Weihnachtslook wie immer in den Garten schlich, um heimlich ihre Zigarillos zu rauchen. Obwohl ihr kleines Geheimnis keines mehr war, nachdem Pete, ein vehementer Nichtraucher, ins Heim gekommen war. Doch sie sah diese ruhigen Minuten als ihre Auszeit, die sie vehement verteidigte, egal, wie sehr sie der Husten quälte.

Es war eine schwierige Entscheidung, aber im Moment musste ich mich auf mich selbst und meine Zukunft konzentrieren.

Am nächsten Tag saß ich bereits seit Stunden an Pauls Auftrag. Er wollte keine 0815-Texte, sondern etwas Kreatives. Aber was zur Hölle bedeutete das? Ich griff nach den Horoskopen des letzten Jahres, um sie zu überfliegen. Normalerweise war ich nicht besonders esoterisch veranlagt und überblätterte die Seiten mit den Sternkreiszeichen, aber diese Horoskope waren erstaunlich gut geschrieben.

Ich schloss für einen Moment die Augen, um mich zu konzentrieren und in Gedanken einen Text zu formulieren:

Widder, dein Geweih wird in diesem Jahr nicht nur deine Umgebung beeindrucken, nein, auch dein Crush wird sich mit Vergnügen von dir aufgabeln lassen ...

»Was für ein Blödsinn! Verdammt!« Aus Wut über diese dämliche Aufgabe und meine heute nicht vorhandene Kreativität schleuderte ich einen Stift gegen die Wand. Natürlich konnte die Wand nichts dafür, dass mir einfach keine Horoskoptexte einfallen wollten. Horoskope! Es konnte doch nicht Pauls Ernst sein, mich mit so etwas zu quälen. Wahrscheinlich nutzte er es als Mittel, um mich zu demütigen – ganz sicher sogar.

Ich wusste, dass Barbara, die sich normalerweise um die Horoskopseite kümmerte, derzeit dauerkrank war, aber niemals hätte ich gedacht, dass Paul mich an ihre Stelle setzen würde. Niemals! Doch ich musste den Job annehmen. Ich hatte keine anderen Aussichten und wusste auch nicht, wo ich mich sonst hätte bewerben sollen. Ich wollte es auch einfach nicht. Frustriert klappte ich den Laptop zu, der vor mir auf dem Wohnzimmertisch stand.

In diesem Moment riss mich das Klingeln des Telefons aus meinen Gedanken. Es war Liz.

Genervt nahm ich das Gespräch an. »Ich hab doch gesagt, dass ich noch nicht weiß, ob ich über Weihnachten komme. Könnt ihr jetzt bitte aufhören, mich ständig damit zu nerven? Ich bin am Arbeiten.«

Sie antwortete zunächst nichts, aber ich hörte, dass sie leise schluchzte. Sofort war ich in Alarmbereitschaft. »Liz, was ist passiert?«

»Tante Gladys. Es geht ihr nicht gut.«

Es dauerte einen Moment, bis ich ihre Worte verarbeitet hatte. »Ich steige in den nächsten Zug und komme nach Glenhaven.«

Der Ursprung des Fluches

Auf dem Weg nach Glenhaven rasten die Erinnerungen mit der Landschaft am Zugfenster an mir vorbei. Hier in den Highlands bedeckte der Schnee die Felder und Wälder mit einer weißen Decke, was die Szenerie geradezu märchenhaft erscheinen ließ. Die Bäume entlang der Strecke trugen zarte Schneekappen, und die glitzernde Oberfläche der verschneiten Landschaft spiegelte das Licht der Sonne. Sie verlieh dem Ganzen einen zauberhaften Glanz. Der vertraute Anblick der Landschaft um mich herum weckte eine Sehnsucht nach Heimat in mir, die ich die letzten Jahre tief in mir verborgen gehalten hatte.

Ich erinnerte mich an die unbeschwerten Weihnachtsfeste meiner Kindheit, die ich gemeinsam mit Liz, Tante Gladys und Onkel Pete verbracht hatte. So unbeschwert, wie es eben sein konnte, wenn man in jungen Jahren seine Eltern verloren hatte. Doch Liz und ich hätten es mit Pete und Gladys nicht besser treffen können. Sie gaben uns all die Liebe und Wärme, die wir so sehr brauchten. Gerade zur Weihnachtszeit legte

Gladys großen Wert darauf, alles so zu gestalten, dass unsere Augen strahlten und unsere Herzen vor Glück überliefen. Schon ab September erfüllte der Geruch von Tannenzweigen und frisch gebackenen Plätzchen das Haus. Das Knistern des Kaminfeuers und das warme Licht der Kerzen tauchten unsere Wohnstube in eine gemütliche Atmosphäre. Und irgendwie, so dachte ich heute, war es auch für Tante Gladys eine Art Heilung, denn sie hatte nie eigene Kinder gehabt. Noch weit über unser Kindheitsalter hinaus hatte sie die weihnachtlichen Vorbereitungen so zelebriert, als würden wir niemals erwachsen werden. Bis heute.

Wären das doch nur die einzigen Erinnerungen, die ich mit Glenhaven verband, aber da gab es noch mehr. Liam war es, dem ich nach meiner Familie mehr als allen anderen vertraut hatte. Seit der Grundschule war er immer mein bester Freund gewesen. Liam und ich teilten nicht nur denselben Schulweg, sondern auch unsere Liebe zu all den kleinen Abenteuern, die wir als Kinder in Glenhaven erlebten. Wir bauten unzählige Baumhäuser in den dichten Wäldern rund um das Dorf und verbrachten Stunden damit, Geschichten zu erfinden und uns vorzustellen, dass wir die tapfersten Ritter oder berühmtesten Entdecker der Welt wären.

In den Sommerferien erklommen wir oft die saftigen grünen Hügel rund um Glenhaven und genossen die atemberaubende Aussicht über die schottische Landschaft. Dabei erzählten wir uns gegenseitig unsere Träume und Pläne für die Zukunft und schworen uns, dass wir eines Tages zusammen die Welt erkunden würden. An den kälteren Tagen des Jahres, wenn der

Frost das Dorf in ein Winterwunderland verwandelte, trugen wir die wildesten Schneeballschlachten aus, wobei wir uns immer gegen die anderen Kinder im Dorf verbündeten. Wir gegen den Rest der Welt sozusagen. Tante Gladys fluchte jedes Mal, wenn wir danach tropfnass nach Hause kamen. Und dennoch kochte sie uns die leckerste heiße Schokolade, die wir dann am warmen Kaminfeuer schlürften, während draußen der Schnee leise vom Himmel rieselte. Liam und ich waren nicht nur beste Freunde, sondern auch echte Komplizen. Und es war diese enge Verbundenheit zu unserem Heimatdorf Glenhaven, die uns für immer zusammenschweißte.

Doch als wir älter wurden, begriff ich nach und nach, dass da mehr war. Dass er mein Herz höherschlagen ließ und sich eine Gänsehaut über meinen gesamten Körper ausbreitete, auch wenn er mich nur zufällig berührte. In meinen Träumen küsste er mich, und jedes Mal erwachte ich mit rasendem Herzen. Aber ich konnte meine Gefühle nicht einordnen, und es dauerte eine lange Zeit, bis mir meine wahren Empfindungen bewusst wurden. Ich liebte Liam, und er war mein bester Freund. Etwas, das sich durch und durch widersprach und es unmöglich für mich machte, ihm meine Gefühle zu gestehen. Also schwieg ich und trug diese Liebe still in mir.

Hätte ich es nur dabei belassen, dann wäre mir einiges erspart geblieben. Aber nein, irgendwann wurde dieses Gefühl in mir zu groß, um nicht ausgesprochen zu werden. Doch kaum hatte ich mich Liam anvertraut, verschwand er aus meinem Leben. Unmittelbar vor

Heiligabend. Es war das schlimmste Weihnachtsfest, das ich je erlebt hatte. Ein Jahr später erfuhr ich, dass er mit Natalie zusammen war – Natalie mit ihrer lieblichen, ja herzzerreißenden Stimme. Ihr war nicht zu widerstehen. Niemals hätte ich es ertragen, Liam mit seiner Flamme in Glenhaven zu begegnen. Es war an der Zeit, die Heimat ebenfalls zu verlassen und weit wegzugehen. London war die perfekte Wahl gewesen. Anonym genug, und es bot alle beruflichen Perspektiven, die ich mir gewünscht hatte.

Von Liam hatte ich seitdem nie wieder etwas gehört, was wehtat, aber wahrscheinlich auch gut so war. Doch eines blieb: Von da an schenkte mir Weihnachten jedes Jahr böse Überraschungen, und ja, der Ursprung dieses Fluches – oder wie auch immer man es nennen sollte – lag in Glenhaven und hatte mit Liam begonnen.

Der Zug ratterte weiter, und mit jedem vorbeiziehenden Bild veränderte sich die Landschaft. Kleine Dörfer mit hübschen verschneiten Steinhäusern, aus deren Kaminen sanfte Rauchfahnen in den klaren Himmel stiegen, tauchten gelegentlich auf und verschwanden wieder, während sich der Zug unaufhaltsam seinen Weg durch die idyllische Wintermärchenlandschaft Schottlands bahnte. Ein ruhiger Bach begleitete die Zugstrecke und zeichnete eine Linie durch die weiße Pracht. Sein kristallklares Wasser glänzte im Sonnenlicht und reflektierte die winterliche Zauberwelt, die sich vor meinen Augen entfaltete. Die Sehnsucht nach meiner Familie und meinem Zuhause wurde stärker, und ich konnte es trotz meines Unbehagens kaum erwarten, sie wiederzusehen.

Als der Zug schließlich in Glenhaven einfuhr, stieg ich mit klopfendem Herzen aus. Die klirrende Kälte umhüllte mich, und ich atmete tief ein. Weihnachten war nicht mehr fern, und auch wenn ich dem Fest abgeschworen hatte, wollte ich für meine Familie da sein. Meine Vorfreude auf das Wiedersehen mit meiner Schwester Liz, den Zwillingen und vor allem Tante Gladys wuchs.

Für einen Moment schloss ich die Augen und ließ all die Gefühle auf mich einströmen. Es war an der Zeit, mich meiner Vergangenheit zu stellen und die Bande mit meiner Familie wieder zu festigen. Ich wollte für Tante Gladys da sein, so wie sie es immer für mich gewesen war. Und noch vor Weihnachten wäre ich ja ohnehin schon zurück in meiner Festung, meiner Wohnung in London.

Endlich erreichte ich das verträumte Cottage, das meine Kindheitserinnerungen umhüllte, und stellte mit klopfendem Herzen meinen Koffer in den Schnee. Auf dem Dach des kleinen Hauses lag eine dicke Schneedecke, und eisige Zapfen schmückten den Eingang wie funkelnde Diamanten. Vor der Tür standen zwei überaus hässliche Plastik-Schneemänner, die mit Lametta um die Wette glitzerten. Na toll, Weihnachten hier aus dem Weg zu gehen war unmöglich. Die Lichterketten an den Fenstern leuchteten so grell, dass ich glaubte, eine Sternschnuppe sei direkt in meine Augen gerast. Am liebsten wäre ich sofort wieder umgekehrt, aber ich erinnerte mich schnell daran, weshalb ich gekommen war. Gladys ging es nicht gut, und sie brauchte meine Unterstützung.

Das Knirschen von Schritten im Schnee durchbrach die Stille und meine Gedanken. Ich drehte mich ruckartig um und entdeckte meinen quirligen Neffen Louis und seine Schwester Sarah, die jetzt schreiend auf mich zustürmten. Doch statt einer herzlichen Umarmung bekam ich eine Schneeballsalve ab.

»Hey, hey, was soll das denn?«, rief ich lachend und hielt die Arme vors Gesicht, um mich vor ihren Schüssen zu schützen.

»Willkommen zu Hause, Tante Charlie«, brüllte Louis mit glänzenden Augen und lachte schelmisch. Kaum hatte ich mich gefangen, formte er bereits den nächsten Schneeball in seiner Hand.

»Na wartet!« Ich machte mich ebenfalls daran, in Windeseile einen Schneeball zu formen, mit dem ich zurückschoss. Es dauerte keine fünf Minuten, da war meine Jeans bereits klatschnass, und wir lagen alle drei nach Atem ringend im Schnee.

»Was macht ihr denn da?«

Lachend setzte ich mich auf und drehte mich zur Haustür, in der Liz stand. Sie trug einen langen Rock aus Filz und einen grünen Strickpullover mit Weihnachtsmotiv, der aussah, als käme er direkt aus der Anfängerabteilung einer Wichtelwerkstatt. Was sollte das sein? Eine Mischung aus Esoterik und Weihnachtswahn? Aber hey, Liz war eben Liz, meine verrückte Schwester, und ich liebte sie.

Ich stapfte zu ihr hinüber, und wir umarmten uns herzlich. »Komm rein!« Sie deutete auf die Tür. »Und ihr beiden dürft noch genau zwanzig Minuten draußen spielen. Aber zieht euch die nassen Klamotten aus, wenn ihr später reinkommt! Und seid leise. Tante Gladys schläft.«

Die beiden flitzten laut lachend davon, während Liz ihnen nachsah und den Kopf schüttelte.

Offenbar hatte ich in den letzten Jahren erfolgreich die volle Weihnachtsdröhnung, die das Cottage bereithielt, verdrängt. Denn beim Betreten des Hauses wurde ich buchstäblich von einem Tannennadelregen überrascht, der von den Girlanden an der Tür niederging. Und während ich mir noch einzelne Nadeln aus meinem dichten Haar zog, fiel mein Blick in das Kaminzimmer. Auf der alten Kommode offenbarte sich eine winterliche Märchenlandschaft aus Watte, inklusive eines Iglus aus Zuckerwürfeln und winzigen Wichteln auf Rodelschlitten. Schon als Kinder hatten wir damit stundenlang gespielt.

Während es mir noch die Sprache verschlagen hatte, war Liz bereits dabei, die Nadeln mit einem Kehrbesen vom Boden zu fegen. »Du weißt ja, wie Tante Gladys ist, sie will sich einfach nicht bei der Dekoration reinreden lassen. Nicht einmal davon, dass die Girlanden nicht von September bis Dezember halten, will sie etwas wissen. Glaubst du, sie wird es merken, wenn ich sie austausche?«

Liz wartete nicht auf eine Antwort, sondern war gleich mit ihrem halben Tannenbaum auf der Schaufel in die Küche gehuscht. Ich folgte ihr, bereits benebelt von den Weihnachtskerzen, die, wie ich mich erinnerte, überall im Cottage herumstanden. Sie verströmten einen derart intensiven Duft, dass man versucht war, sich eine Scheibe davon aus der Luft zu schneiden. Zimt, Bienenhonig und … etwas, das ich nicht beschreiben konnte, setzten sich in meiner Nase fest. Ja, ich war zweifellos zu Hause, in Tante Gladys' Cottage, wo Weihnachten für einen Grinch wie mich zum wahr gewordenen Albtraum wurde. Hoffentlich ging es Tante Gladys bald besser, dachte ich mir. Hier würden mich keine zehn Pferde länger als nötig halten.

Kaum hatte ich die Küche betreten, biss sich ein neuer, aber nicht weniger eigenartiger Geruch in meine Nase. »Sag mal, was riecht denn hier so seltsam?«

Liz zog die Stirn in Falten. »Wovon sprichst du?«

Ich folgte dem Geruch zum Herd. »Was hast du denn da für eine Brühe gekocht?«

»Brühe? Das ist Tee. Tee aus selbst angebauten Kräutern, die im Sommer im Garten gewachsen sind. Ganz natürliche Heilung für die Seele. Ich würde sagen, du ziehst dich erst mal um, und dann trinken wir gemeinsam ein Tässchen.«

Allein beim Gedanken daran krümmte sich mein Magen. »Wenn es sein muss. Wie geht es Tante Gladys?«

Ein dunkler Schatten legte sich über Liz' Gesicht. »Sie schläft. Das tut sie derzeit tagsüber öfter, aber seit einigen Tagen mache ich mir ernsthafte Sorgen. Sie ist so schwach, Charlie.«

Ich nickte wissend. Tante Gladys schlief nie tagsüber, und gerade zur Weihnachtszeit hatte sie ständig etwas zu tun.

Nachdem ich mich umgezogen hatte, klopfte ich leise an die angelehnte Tür von Tante Gladys' Schlafzimmer und spitzte vorsichtig hinein. Sie lag im Bett und schien zu schlafen.

Gerade als ich mich umdrehen wollte, um sie nicht zu stören, hörte ich sie mit einem Hauch von Heiserkeit in der Stimme meinen Namen rufen. »Charlie, wo kommst du denn her?«

»Liz hat mir erzählt, dass du krank bist«, sagte ich, während ich nähertrat.

Mühsam richtete sie sich im Bett auf und winkte ab. »Das ist nichts weiter, nur eine kleine Erkältung, außerdem ...« Ein kräftiger Hustenanfall durchkreuzte ihre Worte, und Schweißperlen bildeten sich auf ihrer Stirn. Sie sah wirklich nicht gut aus. Ihre Haut war blass, und tiefe Ringe zeichneten sich um ihre müden Augen ab. Außerdem hatte sie offensichtlich einige Pfunde abgenommen. Das Herz wurde mir schwer, und es tat mir in der Seele weh, sie so schwach zu sehen.

»Du solltest dich noch ein wenig ausruhen.« Ich zog mir einen Stuhl heran und setzte mich neben ihr Bett.

Sie nickte dankbar. »Schön, dass du über Weihnachten gekommen bist.«

Ich lächelte leicht und nickte ebenfalls. »Natürlich, ich wollte bei dir sein und Liz dabei helfen, dich wieder auf die Beine zu bringen.«

Dass ich eigentlich geplant hatte, noch vor dem Weihnachtsfest zurück in London zu sein, behielt ich für mich.

Santa Claus – die Bowlingkugel

Am nächsten Morgen wurde ich vom Geschrei der Zwillinge geweckt. Ich schreckte hoch und sah mich verwirrt um. Nachdem wir gestern von Tee auf Wein und zuletzt noch auf Whisky gewechselt waren, hatte ich traumlos und tief geschlafen und musste mich erst einmal orientieren. Doch mein pochender Kopf war noch nicht so weit, also legte ich mich zurück in das flauschige Daunenkissen, auch wenn an Schlaf nicht mehr zu denken war.

Ein paar Minuten später schlüpfte ich dann doch in meinen Morgenmantel und schlurfte die Treppe hinunter. Die Kinder saßen in ihren Schlafanzügen am gedeckten Tisch. Es gab Rührei, und der köstliche Geruch von Bacon kroch mir in die Nase. Zu meiner Überraschung stand Tante Gladys mit frisch frisiertem, dauergewelltem Haar, das die geplante Farbe nie richtig annahm und stets einen bläulichen Schimmer hatte, am Herd.

»Was machst du denn da? Solltest du nicht im Bett liegen?«

Sie antwortete mir mit einem schwachen Lächeln, doch das Strahlen in ihren Augen fehlte. »Na, wenn meine Nichte aus London endlich da ist, kann ich doch wohl schlecht im Bett liegen, oder? Jetzt setz dich erst mal und frühstücke.«

»Das kommt gar nicht infrage. *Du* setzt dich hin, ich kümmere mich um die Eier«, beharrte ich.

Als sie immer noch nicht reagierte, nahm ich ihr einfach den Kochlöffel aus der Hand und scheuchte sie vor mir her wie ein blindes Huhn – eine Geste, die die Zwillinge natürlich sogleich unter großem Gekicher nachahmen mussten. Gladys hustete gequält und ließ sich schwer atmend auf ihren Stuhl sinken. Kopfschüttelnd sah ich zu Liz hinüber, die nur mit den Schultern zuckte. Ich wusste genau, was sie mir damit sagen wollte: Wenn Tante Gladys sich etwas in den Kopf gesetzt hatte, ließ sie sich nicht davon abbringen. Das konnte heiter werden.

»Ihr braucht euch gar nicht diese verschwörerischen Blicke zuzuwerfen. Charlie, reiche mir bitte lieber meine Marmelade.«

Ich seufzte und ging hinüber zum Vorratsschrank. »Kann es sein, dass keine mehr da ist?« Erneut sah ich hinein, doch Marmeladengläser fand ich auch beim zweiten Blick keine.

Im Grunde hatte ich den Schrank bisher noch nie so schlecht bestückt gesehen. Ich drehte mich um und schaute von Liz zu Tante Gladys. Sie frühstückte seit jeher jeden Morgen ihre Scheibe Weißbrot mit besagter Lieblingsmarmelade. Rhabarber-Ingwer – jahrein, jahraus.

Liz fuhr sich durch ihr zerzaustes Haar. »Mist, die habe ich wohl beim letzten Einkauf vergessen.«

Und schon schob Gladys schwer atmend den Stuhl zurück, um aufzustehen. »Ich werde zu Sally hinübergehen und ein paar Gläser holen.«

Erneut trafen sich Liz' und mein Blick. »Auf gar keinen Fall«, protestierte Liz. »Es ist klirrend kalt da draußen. Du bleibst sitzen. Charlie wird sicher ein paar Gläser besorgen, nicht wahr? Dann mache ich in der Zwischenzeit die Kinder fertig.«

Sofort klopfte mein Herz. Es war etwas anderes, nach Hause zu kommen, aber ins Dorf zu gehen, würde mich deutlich mehr Überwindung kosten.

»Mom, Mom! Ich will heute aber den roten Schneeanzug anziehen«, plärrte Louis.

»Nein, den will ich schon anziehen«, kreischte seine Schwester. »Wir ziehen nicht immer das Gleiche an! Bloß weil wir Zwillinge sind, heißt das noch lange nicht, dass du mir ständig alles nachmachen musst.«

Liz' Gesichtsausdruck verriet, dass sie schon am frühen Morgen gestresst war.

Ich atmete tief ein. »Gut, ich hole die Marmelade. Bin gleich wieder da.«

Die Glocken der Dorfkirche läuteten im kalten Morgenwind, als ich durch die verschneiten Straßen ging. Ins Dorf waren es nur einige Gehminuten, und tatsächlich tat mir die frische Winterluft gut. Ich zog mir meine dicke Pudelmütze bis fast in die Augen und den Zweimeterschal bis unter die Nase.

Obwohl es erst kurz nach zehn Uhr war, herrschte im beschaulichen Ort so viel Trubel, als wäre bereits morgen Weihnachten und die Geschenke längst nicht besorgt. Die Leute flitzten durch die Gassen, als hätte jemand den Schalter auf Turbo-Weihnachten umgelegt. Doch es hatte etwas Ansteckendes, weshalb ich vor Finnigans Laden stehen blieb. Das Holzschild über der Tür knarzte leise im Wind, und ich schmunzelte. Finnigan, der wandelnde Weihnachtszauberer, hatte immer genau das parat, was man suchte – selbst wenn man vorher nicht gewusst hatte, dass man es überhaupt brauchte.

Die Auslage war ein regelrechtes Glitzerparadies. Da fiel mir ein, dass ich für Sarah und Louis noch nicht das Geringste zu Weihnachten besorgt hatte. Wenn ich schon nicht selbst am Fest hier sein würde, so wollte ich wenigstens Geschenke für sie haben, die sie am Weihnachtsmorgen auspacken konnten.

Entschlossen trat ich durch die knarrende Ladentür, und augenblicklich schwebte der Duft von Holz und Weihrauch um mich herum wie eine Wolke aus Weihnachtsmagie. Zum Glück war ich mittlerweile dagegen immun – wer ihr verfallen war, das wusste ich aus eigener Erfahrung, ließ hier ein Vermögen liegen.

Finnigan, der mit seinem kahlen Kopf und dem freundlichen Lächeln aussah wie ein Weihnachtsengel im Großvaterkostüm, breitete die Arme aus. Gott sei Dank war er keiner der allzu neugierigen Bewohner Glenhavens, die für den neuesten Tratsch gleich eine eigene WhatsApp-Gruppe gründeten. »Charlie, meine

Liebste, wie zauberhaft, dich mal wieder hier zu sehen! Ist es dir gut ergangen? Was kann ich für dich tun?«

»Ich brauche ein paar besondere Geschenke für die Zwillinge.« Auf den Rest seiner Worte ging ich nicht weiter ein, um den Laden schnellstmöglich wieder verlassen zu können.

»Oh, besondere Geschenke! Da bist du hier goldrichtig, meine Liebe. Ich habe alles, von flauschigen Teddybären bis hin zu zauberhaften Puppen.«

Ich konnte mir ein Lachen nicht verkneifen. »Gut, dann her mit den Geschenken! Schließlich wollen sich meine kleinen Terrorzwerge in diesem Jahr nicht mit Tante Charlies selbst gestrickten Socken abspeisen lassen.«

Finnigan grinste. »Du strickst?«

Gespielt entsetzt winkte ich ab. »Natürlich nicht, aber das muss ja keiner wissen.«

»Verstehe. Socken sind vielleicht wirklich kein Highlight für die Kleinen, aber ich hab da ein paar Wundertüten auf Lager. Die kannst du mit ganz besonderen Überraschungen bestücken. Du wirst begeistert sein!«

»Mich musst du nicht begeistern. Aber wenn es den Kindern gefällt ...«

Finnigan nickte und führte mich dann zu einer kleinen Ecke im Laden, die er mit liebevoll ausgesuchten Spielzeugen und Büchern für Kinder dekoriert hatte. Ich stöberte durch die Auswahl und hatte schließlich zwei prall gefüllte Weihnachtswundertüten gepackt.

Euphorisch verließ ich das Geschäft. War das zu fassen? Ich hatte die ersten Weihnachtsgeschenke besorgt, und das nicht wie die letzten Jahre über Onlineshops mit Direktversand. Das war bisher doch weniger schlimm gewesen als erwartet.

Jetzt nur noch schnell die Marmelade holen, dachte ich mir, als ich die Ladentür hinter mir schloss. Sicher würde das nicht so einfach werden wie mit Finnigan. Sally war bekannt dafür, äußerst neugierig zu sein und ihre Nase allzu gern in fremde Angelegenheiten zu stecken. Aber auch das würde ich sicher meistern. Vielleicht könnte ich aber auch einfach Mütze und Schal im Geschäft anlassen, denn an der Nasenspitze allein würde sie mich bestimmt nicht erkennen.

Kaum hatte ich zwei Schritte gemacht, stieß ich plötzlich gegen etwas – oder jemanden. Der Aufprall war so heftig, dass ich das Gleichgewicht verlor und auf dem eisigen Boden ausrutschte. Ein stechender Schmerz durchzuckte meine Schulter, und ich griff fest danach, während ich mich bemühte, meine Umgebung wieder zu erfassen. Ich schob mir die Mütze aus den Augen, blinzelte und erkannte dann das Kostüm, das die Person trug. Santa Claus? Ich musste wohl auf den Kopf gefallen sein.

Doch die tiefe, verstellte Stimme, die mich ansprach, riss mich aus meiner Verwirrung. »Es tut mir leid, ich war wohl etwas stürmisch.«

Vorsichtig richtete ich mich auf, sammelte meine Einkäufe ein, die mir aus der Tasche gefallen waren, und klopfte mit meinem unverletzten Arm den Schnee von meiner Kleidung. »Stürmisch? Ja, das trifft es ziemlich genau. Aber wenn Weihnachten dieses Jahr nichts Schlimmeres zu bieten hat, als mir einen tobenden Santa Claus als Bowlingkugel vor die Füße zu werfen ... nun ja.« Santa Claus schwieg, was wohl verständlich war. Ich räusperte mich. »Immerhin hat Santa Claus beim Aufprall keine Geschenke verloren. Das wäre wohl etwas peinlich gewesen.«

Er lachte leise, und ich neigte den Kopf etwas, um mir den Mann im Kostüm genauer anzusehen. Ein Prickeln durchlief meinen Körper, als der Wind seine Kapuze leicht zurückwehte. Für einen flüchtigen Moment trafen sich unsere Blicke. Sofort erkannte ich ihn.

Mein Herz machte einen Sprung und drohte dann, stehen zu bleiben. Ich starrte ihn an. »Liam, was ... was machst du hier?«, flüsterte ich. Ein kurzer Schmerz durchzuckte mich, als er die Augen fragend zusammenkniff. Aber dann fiel mir ein, dass ich mich aus den zwei Metern Wolle wickeln sollte, die die Hälfte meines Gesichts bedeckten, und ihm fiel just die Kinnlade runter.

Eilig blickte er sich um, kam einen Schritt näher und legte sanft einen Finger auf meine Lippen. Eine zarte Berührung, so unerwartet, und doch sandte sie unerwünschte Schauer durch meinen Körper. »Nicht so laut! Bitte verrate mich nicht. Niemand weiß, dass ich hier bin, verstehst du?« Seine Worte waren leise, aber eindringlich, und meine Haut prickelte vor Aufregung und Verwirrung.

Er trat wieder einen Schritt zurück, und seine dunkelgrauen Augen durchbohrten mich förmlich. Ein

Hauch von Geheimnis lag in seinem Blick. Die Worte blieben mir im Hals stecken, und das sollte etwas heißen. Als er dann nach meiner Hand griff, war es, als zöge er mich in eine Schneekugel, in der die Welt um uns herum ausgeschlossen war. Sekunden vergingen, die sich unendlich auszudehnen schienen.

»Ich melde mich bei dir.« Liam alias Santa Claus drehte sich um und ging davon, bevor ich auch nur ein Wort erwidern konnte.

Ich starrte ihm nach, bis er in einer der Gassen verschwand. Was zur Hölle trieb Liam hier im Dorf im Santa-Claus-Kostüm? Und warum wollte er unerkannt bleiben? Fragen wirbelten durch meinen Kopf, während sein letzter Satz wie ein Echo in mir widerhallte: *Ich melde mich bei dir!* Wie wollte er das tun? Mal eben kurz durchrufen – nach fünf Jahren Funkstille?

Natürlich, Weihnachten konnte sich nicht so leicht geschlagen geben. So wie ich es in den vergangenen Jahren erlebt hatte, konnte ich mich auf eine noch heißere Umarmung aus Pannen und Missgeschicken gefasst machen.

Als ich nach Hause kam, fühlte sich alles wie in einem Traum an. Mein Kopf war wie in Watte gepackt, meine Gedanken vernebelt und unklar. Meine Schulter schmerzte immer noch, und ich konnte mich kaum erinnern, wie ich überhaupt den Weg zurückgefunden hatte.

Liz und Gladys sahen mich verwirrt an, als ich in die Wohnung trat. »Du hast doch jetzt die Marmelade, oder?«, fragte Gladys, und ich schüttelte den Kopf, woraufhin sie abwinkte. Ihr Atem rasselte, und das Luftholen fiel ihr sichtlich schwer. »Ist nicht weiter schlimm. Nun habe ich auch schon gefrühstückt. Um ehrlich zu sein, muss ich jetzt doch noch mal ins Bett. Ich sage euch, alt zu sein ist wahrlich nichts für Schwächlinge.«

Ich nickte nur stumm, unfähig, eine vernünftige Antwort zu geben.

Liz runzelte die Stirn. »Und was ist mit dir? Du siehst so blass aus. Geht es dir nicht gut?«

»Ja, mir geht es nicht so gut«, murmelte ich und strich mir über die Stirn. »Ich habe Kopfschmerzen und werde mich ein wenig ausruhen.«

Ohne weitere Worte ging ich hinauf in mein altes Zimmer. Ich zog meine Hose und Jacke langsam aus und legte mich ins Bett. Was zur Hölle war das gewesen?

Klar, ich hatte nicht damit gerechnet, Liam zu begegnen. Und doch hatte ich mir so oft ausgemalt, was ich zu ihm sagen würde, falls er mir einmal über den Weg laufen sollte. Mal beschimpfte ich ihn in meiner Fantasie, ein anderes Mal zeigte ich überhaupt keine Emotionen. Woher kamen jetzt plötzlich diese idiotischen Gefühle, die dafür sorgten, dass mir abwechslungsweise heiß und kalt wurde? Ich hätte so viel cooler reagieren können. Verdammt!

Warum war Liam überhaupt hier? Und weshalb undercover? War er am Ende mit Natalie in Glenhaven? Er sagte, wir sehen uns. Nein, er sagte, er würde sich melden. Würde er das wirklich?

Meine Gedanken drehten sich im Kreis, und tatsächlich klopfte mit einem Mal ein pochender Schmerz an meine Schläfe. Ich stand auf, um mir eine Kopfschmerztablette aus meiner Tasche zu holen. Wenn Liam Wort hielt, würde ich ihn bald wiedersehen. Aber wollte ich das überhaupt?

Nichts als Fragen und Chaos

Als ich meine Augen öffnete, spürte ich nur noch einen schwachen Kopfschmerz, und meine Schulter tat überhaupt nicht mehr weh. Es war später Nachmittag, und die Dunkelheit draußen deutete auf den beginnenden Abend hin. Zumindest soweit ich es erkennen konnte. Denn das halbe Fenster war mit Schneeflocken-Aufklebern versehen, und natürlich hatte Tante Gladys die Weihnachtsvorhänge mit den Rentiermotiven angebracht. Als würde das nicht reichen, hingen Lichterketten in Form von Eiskristallen am Fenster, die der Dämmerung trotzten und in bunten Farben blinkten. Obwohl ich mir am liebsten die Decke über den Kopf gezogen hätte, entschied ich mich, nach unten zu gehen und nachzusehen, ob jemand im Haus war.

Liz saß im Kaminzimmer, vertieft in ein Buch, während das Radio leise im Hintergrund plapperte und der Moderator von den bevorstehenden Weihnachtskonzerten in der *St Giles' Cathedral* in Edinburgh schwadronierte. Doch dann, als er den nächsten Song ankündigte, stockte mir der Atem. Schon die ersten Klänge von

»Süßer die Küsse nie schmecken« jagten mir heftiges Herzklopfen ein. Natalie würde diesen Song gleich singen. Meinen Song, den Text, den ich eigentlich nur für Liam geschrieben hatte. Bevor es so weit kam, sprang ich entschlossen zum Radio, um es auszuschalten.

Liz hob irritiert den Kopf und legte ihr Buch zur Seite. »Was soll das? Warum schaltest du einfach das Radio aus?«

Ich nestelte nervös am Saum meines Pullis. Auf keinen Fall wollte ich, dass Liz mitbekam, wie sehr es mich aufregte, wenn das Lied im Radio gespielt wurde. Schließlich wusste sie nicht, dass das Lied von mir stammte. So wie es auch sonst keiner wusste. »Ich dachte, wir könnten uns ein bisschen unterhalten. Wo sind die Kinder?«

Offenbar hatte Liz nichts von alldem, was in mir vorging, bemerkt, denn sie erzählte heiter drauflos. »Die sind auf einer Übernachtungsparty bei einem Schulfreund. Die armen Eltern, so eine Aktion kurz vor Weihnachten.«

Ich schüttelte den Kopf. »Es ist noch nicht kurz vor Weihnachten, Liz. Heute ist gerade mal der 11. Dezember.«

»Wie auch immer.« Sie winkte ab. »Gladys konnte ich gerade noch davon abhalten, zu Pete ins *St Joseph's* zu gehen. Sie stand auch schon wieder hinter dem Haus und rauchte ihre Zigarillos. Du kennst sie ja, sie ist kaum aufzuhalten. Ich verstehe nicht, wie jemand so stur sein kann, besonders wenn man so krank ist wie sie.«

»Hast du es geschafft?«

»Zum Glück ja. Sie hat sich sogar in die Badewanne helfen lassen. Sie war komplett durchgefroren.«

Ein schlechtes Gewissen nagte an mir, denn war ich nicht eigentlich hierhergekommen, um Liz bei Gladys zu unterstützen? Stattdessen hatte ich den Nachmittag im Bett verbracht.

»Wie geht es deinem Kopf?«, holte mich Liz aus meinen Gedanken.

Ich überlegte, ob ich ihr von meiner Begegnung mit Liam im Santa-Claus-Kostüm erzählen sollte, entschied mich jedoch dagegen. Ich wusste nicht, wie ich das Geschehene einordnen sollte, und außerdem hatte er mich gebeten, niemandem davon zu erzählen. Warum ich diesen Wunsch akzeptierte, wusste ich selbst nicht. Auf jeden Fall war es merkwürdig gewesen, ihn ausgerechnet hier und in diesem Kostüm zu treffen, und ich brannte vor Neugier, mehr zu erfahren.

»Ach, das wird schon wieder«, entgegnete ich also nur. »Liegt sicher an dem ganzen Weihnachtsgedöns.«

Liz verdrehte die Augen. »Übrigens sind Liams Eltern über die Feiertage verreist.«

Ich verschluckte mich beinahe bei ihren Worten. Wie kam sie gerade auf Liam? Hatte sie meine innere Aufregung wegen des Songs doch bemerkt?

»Das hat mir meine Kollegin Ceville aus dem Bioladen erzählt.« Sie legte ihr Buch zur Seite, und mir schwante Böses. »Sag mal, was ist das eigentlich zwischen euch? Das wollte ich schon immer fragen. Seit ihr beide weggezogen seid, hast du nicht ein einziges Mal mehr von ihm gesprochen. Dabei wart ihr immer wie eineiige Zwillinge. Also?«

Mein Herzschlag beschleunigte sich, und ich bemühte mich, gelassen zu wirken, obwohl ich wusste, dass Liam sich tatsächlich in Glenhaven aufhielt. Auf keinen Fall wollte ich jetzt darüber sprechen, warum sich alles zwischen ihm und mir verändert hatte.

Ich räusperte mich, bevor ich antwortete: »Die Dinge ändern sich, Liz. Nicht jeder bleibt in seiner gemütlichen Komfortzone und lässt das Leben an sich vorbeiziehen. Wir haben uns verändert. Und Liam führt jetzt genau wie ich ein komplett anderes Leben.«

Liz' Augen weiteten sich bedrohlich. Verdammt!

Schnell fügte ich hinzu: »Damit will ich nicht sagen, dass du dein Leben ... also, ich meine ...«

Sie hob die Hand, um mich zum Schweigen zu bringen. Es war zu spät, wie immer hatten die Worte meinen Mund verlassen, ohne dass ich auch nur einen Moment darüber nachgedacht hatte.

»Das ist es also, was du denkst! Wir hier, die im Ort hängen geblieben sind?« Sie malte Gänsefüßchen in die Luft. »Aber hast du nur einmal daran gedacht, dass du nicht nur einen Ort, sondern auch die Menschen hier zurückgelassen hast? Deine Familie, deine Wurzeln. Ehrlich gesagt finde ich das Verhalten von dir und Liam ziemlich egoistisch. Ihr seid einfach gegangen und habt nichts als Fragen und Chaos hinterlassen.«

Ich hatte wirklich keine Lust auf einen Streit, und dennoch wollte ich unbedingt wissen, was sie mit ihrer Aussage meinte. »Was willst du damit sagen? Weshalb habe ich Chaos hinterlassen?«

Liz erhob sich und breitete die Arme aus, als stünde sie auf einer Bühne, bereit, eine herzzerreißende Oper zu singen. Und *sie* hielt mich für theatralisch. »Sieh dich um. Hier stehe ich, allein mit alldem, und du sorgst dich nur darum, wie schrecklich du Weihnachten findest. Verstehst du denn nicht, was hier zu Hause mit deiner Familie passiert? Die Kinder und Gladys ... Sie macht es einem wirklich nicht leicht. Der Arzt hat gesagt, dass es kein gutes Ende nehmen wird, wenn sie so weiterraucht. Sie hat COPD, eine Atemwegserkrankung, bei der die Lunge geschädigt ist und die Atemwege verengt sind. Es würde mir so sehr helfen, wenn du ab und zu hier wärst, um uns zu unterstützen. Ich verlange nicht, dass du hierherziehst. Aber weißt du, einfach alles hinter dir zu lassen, hin und wieder anzurufen und uns zuzuhören, wenn alles schiefgeht, reicht einfach nicht!« Liz atmete tief durch und beendete ihre Rede. Es war, als ob ein Damm gebrochen wäre, und all das Ungesagte konnte endlich herausfließen.

Ja, in gewisser Weise hatte sie recht. Dennoch fühlte ich mich unverstanden. »Wie hätte ich das denn sonst machen sollen? Es gibt hier weder ein großes Magazin noch sonst irgendetwas, wo ich als Journalistin arbeiten könnte. Ich liebe das Schreiben. Was sollte ich hier in Glenhaven tun?«

»Aber musste es gleich London sein? Warum nicht Edinburgh? Da wärst du in einer Stunde zu Hause.« Liz seufzte und sah mit einem Mal erschöpft aus. »Na ja, wie dem auch sei, es ist dein Leben. Du musst wissen, wo deine Prioritäten liegen.«

»Jetzt bin ich hier. Und ich werde dir dabei helfen, Gladys wieder auf die Beine zu bekommen. Das habe ich dir versprochen. Und wenn du wegen der Kinder etwas brauchst, dann sag es mir einfach. Im Moment weiß ich einfach nicht, wie ich dir unter die Arme greifen kann. Du hast hier alles im Griff, ich frage mich, was du von mir erwartest.«

»Du verstehst es wirklich nicht, oder? Es geht hier nicht darum, eine To-do-Liste abzuarbeiten und mit jeder erfüllten Aufgabe dein Gewissen zu erleichtern.« Einen Moment schwiegen wir einander an, ehe Liz erneut das Wort ergriff. »Wirst du Weihnachten mit uns verbringen? Denn falls du es nicht gemerkt hast, das ist es, was Gladys sich wünscht. Und wenn es dich interessiert, sie ist nicht die Einzige. Du musst rein gar nichts tun, außer hier zu sein, verstehst du?«

Ich schloss kurz die Augen. War jetzt der richtige Zeitpunkt, um ihr zu offenbaren, dass ich bereits in wenigen Tagen nach London zurückkehren würde? Tante Gladys ging es schließlich besser als erwartet. Doch ich hielt mich zurück und erntete von Liz ein missbilligendes Kopfschütteln, bevor sie sich wieder in ihren Sessel setzte und in ihr Buch vertiefte.

Ich beschloss, die Angelegenheit erst mal ruhen zu lassen und mich im Arbeitszimmer eine Weile den Horoskopen zu widmen, die Paul von mir haben wollte. Im Grunde war dies meine einzige Chance, überhaupt noch für das Magazin zu schreiben. Das sollte doch wohl leicht zu bewerkstelligen sein.

Doch während ich also dort saß und auf den Mist starrte, den ich bisher fabriziert hatte, ließ mich die Unterhaltung mit Liz nicht los. War ich die egoistische Schwester, die sie gezeichnet hatte? Hatte nicht jeder das Recht, sich unabhängig von seiner Familie zu verwirklichen? Und doch wusste ich zu gut, dass ich mir selbst etwas vormachte, schließlich hatte der Umzug nach London nicht nur meiner Karriere gedient. Dennoch schmerzte es mich, dass Liz offensichtlich dachte, es würde mich kaltlassen, wie es ihr, Tante Gladys und den Kindern ging.

Ich lehnte mich in den Sessel zurück und betrachtete die Decke, von der selbst gebastelte Sterne aus buntem Glanzpapier herabhingen. Ich musste die Sache mit Liz klären und ihr das Gegenteil beweisen. Es gab vieles, das ich aushalten konnte. Doch ein Konflikt mit Liz – schon gar nicht wegen Liam – gehörte nicht dazu.

Meine Gedanken wanderten zurück zu der Begegnung mit Liam heute Vormittag. Ich konnte mir ein Schmunzeln nicht verkneifen. Es war gar nicht so dumm von ihm gewesen, sich als Santa Claus zu verkleiden. In diesem verrückten Ort, in dem Weihnachten eine so große Rolle spielte, würde er tatsächlich nicht auffallen, und niemand würde ihn erkennen. Ich strich mir mit dem Finger über die Lippen, genau an der Stelle, die er mit seinem Finger berührt hatte. Immer noch hatte ich das Gefühl, seine Berührung dort zu spüren. Ich schloss die Augen, als könnte dies meine Gedanken vertreiben.

Nach einer Weile, in der mir immer noch keine Inspiration gekommen war, stapfte ich genervt nach oben, um ein Bad zu nehmen. Immerhin hatte ich Urlaub, die Kinder waren nicht im Haus, und Gladys schlief noch immer. Eine Entspannung kam gerade recht.

Doch als ich in meinem Zimmer das Fenster, das ich vorhin noch gekippt hatte, schließen wollte, klatschte plötzlich etwas gegen die Scheibe. Ein Schneeball.

Mein Herz raste in meiner Brust, denn noch bevor ich hinuntersah, wusste ich, dass es Liam war.

Sang- und klangvoll verschwunden

Bevor ich zurückzucken konnte, hatte Liam mich schon entdeckt und winkte mich zu sich. Auf keinen Fall wollte ich, dass jemand mitbekam, dass er hier war. Also schnappte ich mir meine Jacke, huschte an Liz vorbei, die immer noch im Kaminzimmer saß, und schlich hinaus. Wie albern, dachte ich. Schließlich war ich nicht mehr fünfzehn, sondern fünfundzwanzig Jahre alt.

»Was verschlägt dich denn hierher, Liam?« Den Hauch von Ärger in meiner Stimme konnte ich nicht unterdrücken.

»Ich sagte doch, wir sehen uns«, antwortete er, als wäre es das Normalste der Welt, als wäre er nicht vor fünf Jahren einfach aus meinem Leben verschwunden.

»Du hast ein erstaunliches Gespür für den richtigen Zeitpunkt – nach so langer Zeit.«

Er erwiderte nichts auf meine zugegeben schnippische Antwort, sondern sah mich nur auf eine seltsame Weise an und nickte. Wie früher trug er komplett Schwarz. Einen schwarzen Hoodie, dessen Kapuze er sich tief ins Gesicht gezogen hatte, eine für das Winterwetter viel zu dünne Jacke, eine abgetragene schwarze Jeans und Turnschuhe. Und verdammt, er sah noch immer so sexy verrucht darin aus, wie schon vor fünf Jahren.

»Wollen wir ein Stück spazieren gehen, Charlie?«

Es war klirrend kalt, und die Straßen waren wie leergefegt. Die Menschen machten es sich an diesem Abend zu Hause gemütlich, während Liam und ich schweigend durch die engen, mit Kopfstein gepflasterten Straßen des Dorfes schlenderten. Langsam legte sich eine Schneedecke über die malerischen Steinhäuser mit ihren schiefen Dächern und den funkelnden Lichterketten an den Fassaden, die einen einzigartigen Charme versprühten. Es war, als stünden die Bewohner im Wettbewerb um die Auszeichnung »Das am aufwendigsten geschmückte Haus des Dorfes«.

Überall gab es weihnachtliche Dekorationen zu sehen: bunte Adventskränze mit leuchtenden Kerzen an den Eingangstüren, funkelnde Sterne und Girlanden, die die Fenster schmückten, und einige Häuser hatten sogar kleine Weihnachtsmänner und Rentiere aus Holz im Vorgarten aufgestellt.

Der warme Schein der Laternen beleuchtete den verschneiten Weg vor uns und verlieh der Szenerie eine gemütliche Atmosphäre. Es roch nach Tannennadeln und Kaminfeuer, und Weihnachtslieder drangen leise aus den offenen Fenstern. Das Dorf hatte sich in einen Wintertraum verwandelt, und ich fragte mich, ob die

Familien für die zu erwartende Stromrechnung eigens einen Sparfonds angelegt hatten.

Liam räusperte sich, und ich wandte meinen Blick von den festlich geschmückten Häusern ab. »Weihnachten hier, hm? Kommst du jedes Jahr zu den Feiertagen nach Glenhaven?«

»Willst du wirklich mit mir einen winterlichen Spaziergang durch Glenhaven machen und über belanglose Dinge plaudern? Du tauchst hier als Santa Claus verkleidet auf und bewirfst mein Fenster mit einem Schneeball, nur um über meinen Urlaub zu sprechen? Im Übrigen, hast du keine Bedenken, dass man dich erkennt?« Liam lachte herzlich, und ich blieb verärgert stehen. »Machst du dich etwa über mich lustig?«

Er schwieg einen Moment und schaute mich mit dem für ihn typischen entschuldigenden Hundeblick an, der bei mir sicher nicht mehr ziehen würde. »Ich habe einfach vergessen, wie schlagfertig du sein kannst und wie sehr ich das immer mochte. Das habe ich vermisst. Ich wünschte, wir hätten uns nie aus den Augen verloren. Und nein, es ist dunkel, und die paar Straßen bis zum Rand des Dorfes wird mich schon keiner erkennen. Außerdem bin ich ein Naturtalent darin, mich unsichtbar zu machen.«

Seine Worte trafen mich. Unglaube, Wut und eine Prise Enttäuschung durchzuckten mich. War es wirklich so einfach für ihn gewesen?

»Das kann ich unterschreiben, Liam. Ja, du bist ein Naturtalent, wenn es darum geht, einfach mir nichts, dir nichts zu verschwinden. Oder dafür zu sorgen, dass man sich«, ich malte Gänsefüßchen in die Luft, »aus den Augen verliert.«

Als Reaktion zuckte er nur mit den Schultern, und mein Puls erhöhte sich merklich. Er machte mich rasend.

»Was soll das Gerede, dass wir uns aus den Augen verloren hätten, Liam? Das ist ja wohl ein schlechter Scherz. Schließlich warst du es, der sang- und klanglos verschwunden ist – ach, Moment, so war es ja gar nicht. Es war sang- und klangvoll. Du bist gegangen, als hätte die ganze Welt auf dich gewartet. Mit meinem Song im Gepäck, auf dem Weg zum Erfolg. Du hast dich nie umgedreht, hast mich einfach zurückgelassen.«

Ein breites Grinsen zierte Liams Gesicht, und ich war bereits genervt, mich auf eine Diskussion mit ihm eingelassen zu haben. »Sang- und klangvoll also. Du beherrschst das Spiel mit Worten noch immer.«

»Du musst es wissen. Immerhin hast du mir meine Worte gestohlen«, erwiderte ich sarkastisch.

»Okay, eins zu null für dich.«

»Eins zu null? Du müsstest noch viele Nullen an meine Eins hinzufügen, Liam, angesichts des Erfolgs, den du hattest. Übrigens finde ich das alles nicht sehr witzig.«

Plötzlich wurde er ernst. »Entschuldige, es tut mir leid. Das mit dem Song ... Ich ... ich habe keine Ahnung, wie ich das wiedergutmachen könnte.«

Ich sah ihm tief in die Augen. Augen, in die ich mich in der Vergangenheit zu gerne verloren hätte. »Wiedergutmachen? Es geht mir nicht um Ruhm, nicht um Geld, Liam. Nach all den Jahren geht es mir wahrscheinlich nicht einmal mehr um Freundschaft. Tatsächlich bin ich dir fast dankbar. Du hast mich gelehrt, dass man nichts von anderen Menschen erwarten sollte. Das erspart einem Enttäuschungen.«

Liam wandte den Blick von mir ab, und ich hatte den Eindruck, dass meine Worte ihn berührten. »Es lag nie in meiner Absicht, dich zu verletzen, etwas in dir zu zerstören, Charlie.«

Ich konnte es nicht fassen. Was dachte er nur? »Du hast wirklich keine Ahnung!«

»Oh, nein?«

»Nein.«

»Willst du es mir vielleicht erklären?«

Sollte ich das wirklich? Wahrscheinlich nicht.

Langsam spazierten wir weiter und bogen nach rechts in eine Seitengasse ein, weg von den blinkenden Lichtern und somit auch weg von der Gefahr, dass uns irgendjemand sehen und erkennen könnte.

»Du hast nicht nur meinen Song als deinen verkauft, du hast auch meinen Weihnachtsgeist mitgenommen. Für immer.« Sofort bereute ich meine Worte, die wie immer vorlaut und gegen meinen Willen aus mir herausgeplatzt waren. Verdammt!

Er sah mich eine Weile schweigend an, bevor sich erneut ein Grinsen auf sein Gesicht schlich. »Ich habe was getan? Deinen Weihnachtsgeist mitgenommen?«

Warum nur hatte ich das gesagt? Ich atmete tief durch, bevor ich mich umdrehte, um wegzugehen. Wie peinlich war das bitte? Nur hier weg!

Kaum hatte ich zwei Schritte gemacht, umgriff Liams kräftige Hand meinen Oberarm. Als ich mich zu ihm umdrehte, war er mir so nah, dass sein warmer Atem meine Wangen sanft streifte. Und wieder spürte ich dieses angenehme Kribbeln in mir. Verdammt!

»Charlie, ich wollte mich nicht über dich lustig machen. Auch wenn du zugeben musst, dass deine Worte seltsam klingen. Bitte erkläre es mir.«

Ich verspürte das Bedürfnis, mich zu erklären – warum auch immer. Auch wenn er sich wie ein Arsch verhielt und ich ihm sicher keine Erklärung schuldete, wollte ich nicht wie eine komplette Idiotin dastehen. »Seit dem Jahr, in dem ich dir den Song gegeben habe und du verschwunden bist, war jedes nachfolgende Weihnachten ein Albtraum für mich.«

Er runzelte die Stirn und ließ mich dann langsam los. »Du meinst also, ich hätte dafür gesorgt, dass deine Weihnachten nie mehr so waren wie früher? Als wäre ich eine Art Weihnachtsfluch?« Liam holte tief Luft, und ich kannte ihn gut genug, um zu wissen, dass er sich zusammenreißen musste, um nicht laut loszulachen. »Charlie, das ist doch Unsinn.« Und dann tat er es doch. Er kicherte sichtlich erheitert. »Wo hast du denn diese verrückte Idee her?«

Ich öffnete den Mund, zögerte dann aber und winkte ab. Ich konnte ihm wohl kaum gestehen, dass ich im ersten Jahr nach seinem Verschwinden am Boden zerstört gewesen war, weil er mit Natalie zusammengekommen war. Und die Geschehnisse der nächsten Jahre gingen ihn wirklich nichts an. »Vergiss es einfach, okay? Vergiss alles, was ich gesagt habe.«

»Ach, komm schon, Charlie.« Er sah immer noch aus, als würde er gleich vor unterdrücktem Lachen explodieren. »Um ehrlich zu sein, klingt das alles nicht gerade sehr erwachsen. Und …«

Ich hob die Hand, um ihn zum Schweigen zu bringen. »Kannst du bitte dein dämliches Grinsen wieder abstellen? Du kommst hierher, entschuldigst dich, spielst den reumütigen Sünder, nur um dich einen Moment später über mich lustig zu machen? Falls du ernsthaft glaubst, ich werde dir für deinen Seelenstriptease applaudieren, dann hast du dich geschnitten. Sorry, aber ich bin nicht mehr die Charlie, die dir den Rücken freigehalten hat, weil wir *›Freunde‹* sind. Das ist Geschichte, Liam.«

Er kam einen Schritt auf mich zu, während ich einen zurücktrat. »Es tut mir leid. Ich möchte mich entschuldigen, und ich verspreche dir, mich nicht wieder über dich lustig zu machen. Ich meine, diese Geschichte mit dem Weihnachtsfluch, das ist lächerlich, das sollte dir klar sein. Aber ich entschuldige mich dafür, dass niemand weiß, dass eigentlich *du* diesen Song geschrieben hast. Das hätte ich klären müssen. Ich wünsche mir wirklich, dass du mir das verzeihst.«

»Der Song, der Song, der Song – immer wieder dieselbe Leier.« Ich atmete tief durch, bevor ich fortfuhr: »Du entschuldigst dich also nicht dafür, dass du nicht zurückgerufen hast? Und das, obwohl ich den ersten Schritt gemacht habe, trotz allem? Du hast mich vergessen, kaum dass du den Erfolgsweg betreten hattest, Liam. Ich war es nicht wert, auf meine Nachrichten zu antworten. Dabei habe ich mich für dich gefreut, ob du es glauben willst oder nicht.«

»Du hast mir geschrieben? Das wusste ich nicht. Ich habe mein Handy schon kurz nach Beginn der Tour verloren und dachte, du würdest mich wegen des Songs hassen. Ich war zu feige, mich bei dir zu melden.« Jetzt sah er wirklich zerknirscht aus, in etwa wie Louis, wenn er mal wieder etwas angestellt hatte.

Fast knickte ich ein. Aber nur fast. »Du hast fünf Jahre lang keinerlei Anstrengungen unternommen, um das mit mir zu klären, Liam.«

Er fuhr sich durch die Haare und blickte in den Schnee. »Du hast recht. Die letzten fünf Jahre gab es nichts und niemanden, der sich zwischen mich und meine Musik stellen konnte. Die Musik war alles für mich. Das war ein Fehler, und es tut mir leid.« Wir schwiegen, bis er erneut das Wort ergriff. »Dann warst du nicht wütend wegen des Songs?«

Ich zuckte die Schultern, und endlich hatte ich das Gefühl, dass ihm zumindest ein wenig bewusst wurde, was er angerichtet hatte. »Nein. Natürlich ist das nicht an mir vorbeigegangen, aber ich hatte dir den Song ja dummerweise geschenkt, also ...« Das war nur die halbe Wahrheit, doch das musste er jetzt gerade nicht wissen. »Falls es dir nicht entgangen ist – ich habe dich ja schließlich nicht auf einige Tausend Pfund verklagt. Also entspann dich.«

Er blieb stehen und sah mich irritiert an. »Dann steht nichts zwischen uns? Von diesem Weihnachtsding mal abgesehen?«

Ich zuckte mit den Schultern und bemühte mich, gelassen zu wirken. »Du warst weg, du hattest ein anderes Leben, hast dich auf deine Karriere konzentriert.«

»Im Grunde war es dein Hit, Charlie.«

»Das haben wir doch bereits durchgekaut. Also lass uns endlich das Thema wechseln.« Ich räusperte mich. »Wo ist denn deine Freundin?« Ich hoffte inständig, dass meine Frage so beiläufig wie nur möglich klang.

Liam fuhr sich wieder durch das schokobraune Haar, so wie er es früher schon immer getan hatte, wenn er nervös war. Die glitzernden Wasserperlen, die vom Schnee in sein Haar getupft worden waren, funkelten im Schein der Straßenlampe.

»Ich, ähm ... ich brauche eine Auszeit. Weißt du, im Musikbusiness ist alles nicht so einfach. Die Geschäfte könnten besser laufen. Das Weihnachtslied verkauft sich immer noch gut, aber mit unseren anderen Songs konnten wir an diesen Erfolg nie wieder anknüpfen. Der Druck der letzten Jahre hat mich fertiggemacht, und ... ich weiß einfach nicht mehr, ob es das Richtige für mich ist. Deshalb wollte ich hierherkommen, um über die Feiertage zu mir selbst zu finden, und das Haus meiner Eltern nutzen, da sie verreist sind.« Seine Stimme klang leise, verletzlich, und ich konnte sehen, wie sehr ihn all das belastete.

Ich nickte, wenn er auch meine Frage nicht beantwortet hatte. »Verstehe.«

»Und auch deshalb war es mir wichtig, mit dir zu sprechen. Ich wollte dich darum bitten, niemandem davon zu erzählen, dass ich hier bin. Ich möchte einfach nicht, dass die Paparazzi vor meinem Haus stehen oder sonst irgendjemand etwas von mir will. Verstehst du, ich brauche diese Zeit, diese Ruhe.«

Ein kleiner Stich durchfuhr mein Herz. Das war also der Grund, warum er hier war? Um mir zu sagen, dass ich Stillschweigen bewahren sollte? So wie ich auch Stillschweigen bewahrt hatte, als das Lied, das eigentlich meines war, ihn so erfolgreich gemacht hatte? War er wirklich dieser egoistische, selbstsüchtige Mensch? Hatte ich mich so in ihm geirrt? Aber es passte zu dem Bild, das er vor fünf Jahren abgegeben hatte, als er Glenhaven verließ, voll auf der Überholspur, nur an sich selbst denkend.

»Kein Problem«, sagte ich steif, denn auf keinen Fall wollte ich ihm das Gefühl geben, dass seine Worte mich berührten. »Von mir wird keiner etwas erfahren.«

Wir kamen an der Straße an, die zurück zum Dorf führte, und blieben stehen. »Ich werde dann auch mal wieder umdrehen«, sagte ich. Wir sahen uns einige Momente lang stumm an, und er nickte.

»Charlie«, rief er, nachdem ich ein paar Schritte gegangen war. Schnell hatte er mich eingeholt. Seine Finger umschlossen meine Hand, und trotz der Kälte spürte ich die wohltuende Wärme, die von seinen Fingerspitzen aus direkt in meine Mitte strömte. In diesem einen Moment schienen unsere Blicke miteinander zu verschmelzen. Dann zog er leicht die Stirn kraus, sah mich irritiert an und ließ schließlich meine Hand los. Und endlich löste sich auch meine Starre, und mir wurde bewusst, dass ich den Atem angehalten hatte.

»Hast du dein Handy dabei?«, flüsterte Liam.

Verwirrt entgegnete ich: »Ja, warum?«

»Gib's mir.« Ich reichte ihm mein Telefon, und er tippte seine Nummer hinein. »Ich würde mich freuen, wenn wir uns zumindest ab und zu mal schreiben könnten. Wir waren doch immer beste Freunde. Und ich vermisse dich. Ich habe dich immer vermisst.«

Mit diesen Worten drehte er sich um. Ich sah ihm noch eine Weile nach, bis er in der Dunkelheit verschwunden war. Erneut war ich durcheinander und verwirrt. Von unserer Begegnung, von seinen Worten und von dem, was er in mir auszulösen vermochte.

Wie konnte er mich auf der einen Seite mit seinen Worten verletzen und dann einfach so mit einem schmeichelnden »Ich vermisse dich« davonspazieren? Und noch schlimmer: Warum waren es gerade diese Worte, die mich in der eisigen Kälte warm zurückließen?

Ich verstand, dass all das nicht mehr so leicht zu verdrängen war. Noch war ich mir nicht sicher, ob ich ihm eine Nachricht schicken würde, ob unsere Freundschaft noch eine Chance hatte. Doch eines wusste ich sicher: Etwas in mir wollte die Antworten auf all meine Fragen, und tief in mir hatte ich Liam ebenso vermisst.

Anfängerplätzchen

Die Neugier in mir überwog. War da noch etwas von dem Liam, den ich jahrelang meinen besten Freund genannt hatte? Ich schrieb ihm am nächsten Morgen. Und natürlich antwortete er.

Ich betrachtete Liams Nachrichten auf meinem Handy, und mit jedem Wort wurden die Erinnerungen an vergangene Zeiten lebendiger. Damals hatte mich niemand besser gekannt als er. Schließlich war er derjenige, der als Einziger wusste, dass ich als Kind Einhörner auf Socken geliebt hatte, paradoxerweise aber furchtbare Angst gehabt hatte, in Wirklichkeit einem zu begegnen. Ich grinste bei dem Gedanken.

Liam:
Weißt du noch, damals in der fünften Klasse?

Sofort musste ich erneut schmunzeln.

Ich:
Du meinst den unsagbar dummen Plan, Mr

McAndow eins auszuwischen? Natürlich erinnere ich mich daran. Nur dass der Schuss nach hinten losging. Eigentlich wollten wir irgendeinen dummen Spruch an die Tafel schreiben, bevor der Unterricht anfing.

Liam:
Stimmt. Kannst du dich an den Spruch erinnern?

Ich überlegte einen Moment.

Ich:
Nicht ganz. Aber irgendetwas mit Grindylow und dass er genauso streng sei?

Liam:
Warte, das bekomme ich bestimmt noch zusammen. Jedes Kind hasst Grindylow, schlimmer noch ist Lehrer McAndow!

Ich lachte laut auf.

Ich:
Na ja, sonderlich kreativ waren wir damals noch nicht. Aber dank dir musste ich nicht nachsitzen.

Bei der Erinnerung wurde mir warm ums Herz. Damals hätte ich zusammen mit ihm nachsitzen müssen, doch er hatte sich vor mich gestellt und behauptet, er habe den Streich allein ausgeheckt.

Liam:
Das war der Spaß wert. Außerdem hast du mir ja was zu essen gebracht.

Ich:
Stimmt! Deine Mutter bat mich darum, dir etwas in die Schule zu bringen, weil du so lange nachsitzen musstest.

Liam:
Das mochte ich immer an dir. Mit dir konnte man Pferde stehlen, und damit warst du so viel cooler als die Jungs in meinem Alter.

Ich:
Das hat dir ziemliche Häme eingebracht.

Liam:
Es gibt Schlimmeres, als dass alle dachten, wir wären verknallt ineinander gewesen.

Die Ironie dabei war, dass sie damals tatsächlich recht hatten. Ich war wirklich in ihn verknallt gewesen. Doch das war längst Geschichte, und ich wusste nicht, was ich auf Liams letzte Nachricht antworten sollte. Ich starrte einfach nur auf mein Telefon. Irgendetwas in mir wollte antworten, und doch wollte mir nichts einfallen. War es überhaupt klug, die Freundschaft zu Liam zu vertiefen?

Vorhin hatte ich mir bereits den Zugfahrplan im Netz angesehen und beschlossen, in zwei bis drei Tagen abzureisen. Ich konnte mich hier einfach nicht auf die Arbeit konzentrieren. Liz machte es sich leicht, schließlich hatte sie ihr Glück in dem kleinen Bioladen im Ort gefunden und wundervolle Kinder. Und ich? Sollte ich nicht auch zusehen, mein Glück in die Hand zu nehmen? Auch wenn das ausgerechnet in den bescheuerten Tierkreiszeichen lag.

»Tante Charlie, kannst du uns helfen?« Louis rannte in die Küche, wo ich am Tisch saß, und kniete sich vor die Schublade mit dem Backgeschirr, während Sarah vor dem Vorratsschrank stand und hinaufdeutete.

Ich drehte mein Telefon herum und stand auf. »Warte einen Moment, Süße, ich helfe dir. Was habt ihr denn vor?«

»Wir wollen Plätzchen backen.«

Ich schaute die beiden verwundert an. »Ihr zwei? Allein?«

Sie zuckte mit den Schultern. »Normalerweise macht das Tante Gladys mit uns, aber Mom meint, wir sollen sie in Ruhe lassen.«

»Weil sie krank ist.« Ich drehte mich zur Tür, in der Liz stand. »Vielleicht will euch ja eure Tante Charlie helfen?« Sie sah mich mit offenem Blick an.

Ganz sicher hatte ich überhaupt keine Lust darauf, stundenlang in der Küche zu stehen, um Kekse zu backen. Ich bückte mich zu Sarah hinunter. »Mit eurer Mom wollt ihr nicht backen?«

»Mom backt immer so eklige Plätzchen, die stinken.« Louis, der jetzt bewaffnet mit einer Rührschüssel und dem Handrührgerät vor mir stand, wich gekonnt dem mahnenden Blick meiner Schwester aus.

Ich konnte mir ein Lächeln nicht verkneifen. »Das verstehe ich. Dann werden wir wohl gemeinsam die leckersten und wohlriechendsten Plätzchen backen, die Glenhaven je gesehen hat, nicht wahr?«

Bevor Liz widersprechen und eine Mahnrede über den übermäßigen Verzehr von Zucker von sich geben konnte, machte ich ihr einen Vorschlag. »Wie wäre es, wenn du ein wenig durch die Geschäfte tingelst oder spazieren gehst? Ich hab hier alles im Griff.«

»Und Tante Gladys?«

»Was ist mit ihr? Denkst du, das bekomme ich nicht hin?«

Kurz zog sie eine Braue nach oben, biss sich dann leicht auf die Unterlippe, wie immer, wenn sie in Gedanken abwog, und lächelte dann. »Geht klar. Wenn was ist, dann ruf mich einfach an.«

Es dauerte keine drei Minuten, da hatte sie das Haus verlassen. Ich grinste. Ganz offensichtlich hatte sie eine Auszeit nötig.

Und so stand ich kurz darauf mit meiner Nichte und meinem Neffen in der Küche und buk bunte Plätzchen. Dabei hasste ich Backen. Es war eine Sisyphusarbeit, nur dass statt eines Felsens Teigberge vor mir lagen. Fehlten nur noch nervige Weihnachtslieder im Hintergrund, und das Bild wäre perfekt.

»Warum hast du diese komischen Handschuhe an?«, holte mich Sarah aus meinen Gedanken, während ich den Teig für die Kinder zum Ausrollen aufteilte.

Ich grinste. »Die klebrige Keksmasse, die sich überall verteilt, fühlt sich an, als würde man verschwitzte Haut anfassen.«

»Du bist seltsam, Tante Charlie«, erwiderte Louis und nagte sogleich an dem Teigrest herum, der an seinem Holzlöffel klebte. Eine Gänsehaut überzog mich allein beim Anblick. Da hielt ich mich lieber an Schokolade und griff beherzt in die Schale, in der einige Stücke lagen.

»Lasst mal sehen«, mischte sich jetzt Gladys ein, die in die Küche kam. Sie schnappte sich eines der warmen Plätzchen, die bereits fertig auf einem Gitter zum Auskühlen standen. »Was sollen denn das für Dinger sein? Die sind ja steinhart. Das sind keine Plätzchen, das sind Platzen, genauer gesagt Felsen.« Okay, zart sahen sie nicht gerade aus.

Mit offenem Mund sah ich Tante Gladys an, doch meine Befürchtung, die Kinder könnten traurig über ihr Urteil sein, bestätigte sich nicht. Sie ließen sich nicht beirren und dekorierten weiter die Kekse.

Gladys band sich ihren Schal enger und marschierte durch die Hintertür der Küche, die hinaus in den Garten führte.

»Kommt ihr kurz allein zurecht?«, fragte ich die Kinder, die nickten, ohne mich weiter zu beachten.

»Tante Gladys, was machst du hier draußen? Es ist klirrend kalt.«

Sie sah wirklich nicht gut aus, und doch war da dieses Glitzern in ihren Augen. »Wonach sieht es denn aus, Dummerchen?« Sie zündete die Zigarillo an, die schon in ihrem Mundwinkel hing.

»Liz meinte, der Arzt hätte dich davor gewarnt, weiterzurauchen mit deiner …«

»Jaja, mit meiner COPD. Ich mag zwar etwas an der Lunge haben, aber nicht hier oben.« Sie tippte sich mit dem Zeigefinger an die Stirn. »Schließlich war ich dabei, als Dr. Klugscheißer seine ungefragten Empfehlungen von sich gegeben hat.«

»Und warum hältst du dich nicht dran?«

Sie zuckte mit den Schultern und pustete den Rauch in die kalte Winterluft. »Warum sollte ich? Ich bin alt, und seit Pete weg ist, kann ich endlich tun, was ich will. Deshalb mache ich das auch. Viel Zeit habe ich nicht mehr.«

Ich wusste aus meiner Kindheit, dass Pete und Gladys ein gutes Team gewesen waren, aber am Ende hatte doch er das Sagen gehabt. Aber Gladys wäre nicht Gladys, wenn sie nicht trotzdem immer wieder Wege gefunden hätte, zumindest hin und wieder ihren Willen zu bekommen. Dennoch traf Pete die meisten Entscheidungen.

»Lass dir eines sagen: Du solltest dich nicht von deinem Willen abhalten lassen, erst recht nicht durch einen Mann.«

»Dazu müsste ich erst einen haben«, murmelte ich und zog meine Strickjacke enger um die Brust.

Gladys schüttelte den Kopf. »Du wirst auch nicht jünger, meine Liebe. Wir denken, wir haben alle Zeit der Welt, und dann stehen wir irgendwann vor dem Spiegel, alt und grau. Lass dein Leben nicht mit einem Hätte oder Sollte enden. Wenn du mal unter der Erde liegst, interessiert es keinen Menschen, wie erfolgreich du im Job warst. Es sind die Herzen, die wir in unserem Leben berühren, die zählen. Und es ist die Liebe, für die es sich zu leben lohnt.«

Sprachlos sah ich Gladys an. Sie war nie der Typ Mensch gewesen, der zu melancholischen Ergüssen neigte. Aber jetzt, da ihre Gesundheit schwand, wirkte sie so zerbrechlich. Ihre Zigarillo drückte sie im überquellenden Aschenbecher aus und hustete dabei so sehr, dass sich ihre Gesichtshaut erst ins Rötliche und dann ins Bläuliche verfärbte.

»Verdammt, Tante Gladys!« Ich führte sie in die warme Küche zurück, während sie noch immer japste.

»Mein Inhaler …«, krächzte sie und zeigte auf den Hängeschrank, in dem ihre Medikamente lagen.

»Der hier? Oder der?«, fragte ich und zeigte ihr einen Inhalator nach dem anderen, bis sie endlich nickte. Mit zitternden Fingern ging ich schnell zu ihr hinüber und half ihr dabei, die Kapsel im Gerät zu öffnen, damit sie das Pulver schnell inhalieren konnte. Die Kinder waren längst nicht mehr in der Küche und hatten nichts als Chaos hinterlassen. Im Moment war ich froh, dass sie von Tante Gladys' Hustenanfall nichts mitbekommen hatten. Es war beängstigend.

Langsam beruhigte sich Gladys' Atmung, doch sie war immer noch blass. Ich goss ihr einen Vanille-Earl-Grey ein und setzte mich ihr gegenüber. Wir schwiegen, weil ich absolut nicht wusste, was ich in dieser Situation sagen sollte, bis sie sich daran machte, aufzustehen.

»In einer Stunde fahren wir. Ich ruhe mich bis dahin noch eine Weile am Kamin im Wohnzimmer aus.«

»Fahren? Wohin?«, fragte ich verwirrt.

»Du solltest deinen Onkel Pete besuchen. Er war mir nicht immer ein guter Ehemann, aber du und Liz habt ihm viel zu verdanken. Ruf Liz an, sie soll sich auf den Heimweg machen.« Es war unglaublich und so typisch für Tante Gladys, dass sie sofort wieder die Alte war. Im Türrahmen drehte sie sich noch einmal zu mir um. »Wenn du deiner Schwester einen Gefallen tun willst ...«

»Ich weiß, ich werde darauf achten, dass die Zwillinge sich weder gegenseitig töten noch sonst jemanden in Gefahr bringen.«

»Genau. Liz bräuchte zwar sicher öfter mal eine Auszeit, aber das ginge dann doch zu weit ...« Sie lachte, wobei das Lachen erneut in ein Husten überging, wenn auch nicht so dramatisch wie gerade eben.

»Gladys!«, rief ich, aber sie tat meinen mahnenden Blick mit einer Handbewegung ab.

»Ich meine, du könntest die Küche aufräumen! Hier sieht es aus, als hätten die Barbaren gewildert.« Sie lachte und ging Richtung Wohnzimmer. Selbst in den schwierigsten Momenten verlor sie ihren Humor nicht.

Kaum hatte ich den Lappen aufgehängt, nachdem ich das Geschirr abgewaschen hatte, stand Liz schon in der Tür. Ihre Wangen waren gerötet, und auch sonst sah sie erholt aus.

»Was doch ein paar Stunden bewirken. Was hast du Schönes gemacht?«, fragte ich sie.

»Ich war … also, ich …«

»Gibt es etwas, das du mir erzählen möchtest, Liz?«

Ihre Wangen verfärbten sich noch einige Nuancen weiter ins Rötliche. Dann schüttelte sie den Kopf. »Das ist privat.« Wie privat das war, konnte ich mir bei ihrer knappen Antwort direkt vorstellen.

Ein brennender Stich schoss mir durch das Herz. Früher hatten wir uns alles anvertraut, doch seit fünf Jahren herrschte diese Distanz zwischen uns, die ich wohl nicht so schnell beheben konnte, auch wenn ich jetzt hier war.

»Wo sind die Kinder?«

Gute Frage, dachte ich mir und stockte einen Moment. »Ja, also … Louis! Sarah!«

Im Haus blieb es mucksmäuschenstill.

»Verdammt, Charlie! Du hast gesagt, du hast alles im Griff.«

Ohne auf eine Antwort zu warten, lief sie hinaus und rief draußen nach den Kindern. Zum Glück tauchten sie wenige Minuten später auf.

»Sie hätten sonst wo sein können.«

»Übertreibst du nicht ein wenig? Die beiden sind schon acht Jahre alt, und das hier ist Glenhaven, nicht etwa New York!« Ich bereute meinen Satz, kaum dass ich ihn ausgesprochen hatte.

Liz antwortete nicht, sondern stapfte die Treppen hinauf. Ihre Wut auf mich konnte ich auf jeder Stufe, die sie betrat, hören. Na wunderbar, mein Versuch, unseren Streit mit der Backaktion wiedergutzumachen, ging gehörig daneben. Mist!

»Das hast du ja prima hinbekommen«, bestätigte Gladys meine Gedanken. Nur eine Minute später kam sie aus dem Wohnzimmer und hielt mir den Autoschlüssel unter die Nase. »Lass uns fahren.«

Wie sehr wünschte ich mir gerade meine kleine, gemütliche Wohnung in London zurück. Doch stattdessen nahm ich seufzend den Autoschlüssel entgegen.

Brodelnde Gerüchteküche

Die Kälte kroch durch die alten Autositze und ließ mich frösteln, während ich abermals verzweifelt versuchte, den Motor zum Laufen zu bringen. Doch außer einem bedrohlichen Ächzen und Krächzen, das mich unweigerlich an Tante Gladys' rasselnden Husten erinnerte, geschah nichts. Mit einem resignierten Seufzen lehnte ich mich in den Sitz zurück und warf einen hilflosen Blick zu meiner Tante, die scheinbar ungerührt aus dem Fenster auf die verschneite Winterlandschaft blickte.

»Du solltest das alte Ding endlich gegen ein zuverlässigeres Auto eintauschen. Auf jeden Fall kommen wir hier wohl nicht weg.« Ich konnte meine Frustration kaum verbergen.

Gladys lachte leise und schüttelte den Kopf. »Na, das werden wir noch sehen. Und nein, ich trenne mich nicht von dem Auto. Nicht nach all den Geschichten, die wir miteinander erlebt haben.«

»Wie du meinst, aber wie sollen wir jetzt bitte zu Onkel Pete kommen?«

Gladys überlegte einen Moment und wandte sich dann mit einem verschmitzten Funkeln in den Augen zu mir. »Mike ist unsere einzige Rettung.«

»Mike? Du meinst den Automechaniker im Dorf?«

»Genau den! Und ich habe da noch ein Ass im Ärmel.« Geheimnisvoll kramte sie in ihrer Tasche herum. »Die wollte ich eigentlich eurem Onkel mitbringen, aber was soll's. Der hat die vergessen, ehe sie verdaut sind.«

»Scones? Das ist dein Plan B?« Okay, es war so weit. Tante Gladys wurde verrückt.

»Mike ist verrückt danach, das weiß ich genau.« Ihrem breiten Grinsen nach zu urteilen, meinte sie das ganz offenbar ernst, und langsam verstand ich, worauf sie hinauswollte. »Du meinst, ich locke ihn mit den Scones hierher, und er wird unser Auto reparieren?«

»Offensichtlich hat sich dein Studium für irgendetwas gelohnt. Ganz genau! Für ein paar Scones nach meinem Originalrezept würde er alles tun. Du musst nur zu ihm hinübergehen und ihm sagen, dass wir zu Hause noch viel mehr davon haben. Er wird dir folgen wie ein artiges Hündchen.«

»Ach, und dann nebenbei das Auto reparieren? Ich weiß nicht, ob das eine gute Idee ist. Ich meine, seine Termine und Verpflichtungen ...« Ich blieb skeptisch.

Doch Gladys ließ sich von meinen Einwänden nicht beirren und winkte ab. »Der hat so viele Angestellte, dass er selbst eigentlich keinen Finger krümmen müsste. Keine Sorge, mein Plan wird funktionieren!«

Was für ein Tag! Dabei war es erst kurz nach Mittag. Warum nur hatte ich mich auf diese dumme Idee eingelassen, zu Mike hinüberzugehen, um ihn mit Gebäck zu locken? Was für eine peinliche Aktion. Es fühlte sich fast an, als könnte meine Familie mich zu allem überreden. Während ich mich auf den Weg zu Mike machte, steckte ich mir die Kopfhörer in die Ohren und versuchte, mich auf einen Podcast über das Thema Schreiben zu konzentrieren. Doch meine Gedanken drifteten ständig ab.

Gnädigerweise erlöste mich das Klingeln meines Handys aus meinem Zustand der Unkonzentriertheit. Der Name auf dem Display verriet, dass es Liam war. Mein Herz schlug schneller, und ich zögerte einen Moment, bevor ich den Anruf entgegennahm. Nachrichten zu schreiben war immer noch etwas anderes, als seine Stimme zu hören. Aber wieso sollte ich mich deswegen so verunsichern lassen? In seinen Nachrichten hatte ich deutlich gespürt, dass er mich immer nur als gute Freundin gesehen hatte. Außerdem hatte ich mir vorgenommen, die Vergangenheit hinter mir zu lassen. Bald würde ich sowieso zurück nach London gehen und Liam dann wahrscheinlich weitere Jahre nicht mehr sehen.

»Weshalb habe ich das Vergnügen, mit dem verschollenen Santa Claus zu sprechen?«, fragte ich, nachdem ich auf *Annehmen* gedrückt hatte. »Bist du bereits fleißig dabei, Geschenke für deine Wichteldamen zu packen?« Verdammt, warum war ich nur so nervös?

»Sehr witzig. Aber nein, ich habe eine Idee, und ich würde sie dir gern erzählen.«

»Eine Idee? Dann schieß los!«

»Nicht am Telefon. Persönlich.«

»Dann muss das wohl warten. Ich bin gerade auf dem Weg zu Mike.« Ich erzählte ihm von Gladys' kaputtem Auto und ihrem Plan, woraufhin Liam herzlich lachte.

»Aber hey, von Mikes Werkstatt zu meinem Haus sind es nur ein paar Minuten. Wie wäre es, wenn du auf dem Rückweg bei mir vorbeischaust? Natürlich nur, wenn du Zeit hast.«

»Eher nicht, wir haben vor, noch Pete im *St Joseph's* zu besuchen.«

»Schade. Aber macht nichts. Dann sehen wir uns einfach heute Abend.«

»Heute Abend? Ich ...« Ich schluckte, als ich bemerkte, dass Liam aufgelegt hatte. Was sollte das schon wieder? Heute Abend? Hatte ich etwas verpasst?

Wärme durchfloss mich beim Gedanken, Liam schneller wiederzusehen als gedacht. Aber mich einfach so zu verplanen? Er hielt sich wohl für besonders wichtig. Wahrscheinlich kannte er als Prominenter ein Nein nicht mehr. Dennoch war ich gespannt, was mich heute Abend erwarten würde.

Tante Gladys hatte ich verschwiegen, dass Mike auch ohne Scones gerne vorbeigekommen wäre, um zu helfen und sich ihre alte Schüssel anzuschauen. Leider sah er keine Möglichkeit, das Auto zu reparieren, freute sich aber hinterher dennoch über das Gebäck.

Mike war eben das Paradebeispiel eines Glenhaveners: Man half einander und verschmähte niemals das Gebäck der älteren Damen im Dorf, von denen jede dachte, sie könne am besten von allen backen. Auf jeden Fall hatte er sich bereit erklärt, uns ins *St Joseph's* und danach auch wieder nach Hause zu fahren. Außerdem hatte er versprochen, sich um das Auto zu kümmern und am Abend einen Leihwagen vorbeizubringen.

Ich war mir nicht sicher, ob Pete mich überhaupt erkannt hatte. Als wir nach dem Besuch wieder draußen vor seinem Zimmer im Altenheim standen, atmete ich tief durch. »Manchmal frage ich mich, ob es wirklich so schlimm für Onkel Pete ist. Schließlich ist er dement und weiß überhaupt nicht mehr, was in der Vergangenheit mit ihm los war.«

Tante Gladys hielt den Kopf schief und schien über meine Worte nachzudenken. »Vielleicht an guten Tagen. Die hat er aber leider nicht immer. Manchmal ist er so durcheinander. Dann sagen die Leute, dass das, was er sagt, nicht stimmt, oder es ist eine ganz andere Uhrzeit, und er denkt, er sei auf dem Weg zur Arbeit oder so. Das bringt ihn immer unheimlich durcheinander und macht ihn fertig.«

»Bestimmt ist das grauenhaft. Das Gefühl zu haben, dass man sich in einer falschen Realität befindet, und keiner glaubt einem. Werdet ihr Onkel Pete an Weihnachten nach Hause holen?«

Tante Gladys' Blick verdunkelte sich für einen Moment. »Vorletztes Jahr haben wir das tatsächlich einmal versucht«, erzählte sie. »Es war ein Desaster, und die Kinder hatten furchtbare Angst vor ihm, weil er plötzlich nicht mehr wusste, wo er war. Er beschimpfte uns als Einbrecher, die ihn bestehlen wollten, und wurde richtig aggressiv. Zum Glück hat Liz geistesgegenwärtig reagiert und die Nachbarn zu Hilfe geholt. Allein hätten wir Pete nicht bändigen können.«

Tante Gladys blickte zur Seite und war offensichtlich in Gedanken bei dem dramatischen Fest vor zwei Jahren, während ich mich fragte, weshalb ich von der Aktion nichts mitbekommen hatte. Sicher hatte ich mich wie immer mit Arbeit zugepackt und war nur ans Telefon gegangen, wenn es unbedingt nötig gewesen war. Ein Gefühl der Scham breitete sich in meinem Magen aus. Mir wurde bewusst, dass ich mehr wiedergutzumachen hatte als gedacht.

Während wir den Flur hinunter zum Ausgang schritten, kam uns Hillary entgegen. Wir waren früher in derselben Klasse gewesen, und mittlerweile arbeitete sie als Pflegekraft im *St Joseph's*.

»Charlie! Du in Glenhaven?« Ihrer Stimme haftete dieser süßliche Ton an, der mich sofort in Alarmzustand versetzte. Jedes Wort, das ich jetzt sagte, könnte in der Gerüchteküche landen.

Ich nickte zurückhaltend, während ich sie anlächelte. »Tante Gladys ging es nicht so gut und …«

Doch Tante Gladys unterbrach mich. »Ach Quatsch! Sie ist hier, weil sie mit uns Weihnachten feiern will, auch wenn sie es nicht zugeben möchte.«

Innerlich rollte ich mit den Augen, behielt meine Gedanken aber für mich. Ich wollte ohnehin nicht erklären, dass ich eigentlich vorhatte, noch vor Weihnachten wieder in meiner Londoner Wohnung zu sein. Zumindest nicht hier im *St Joseph's*. Ich presste die Lippen aufeinander. Allzu lange sollte ich allerdings nicht damit warten. Ich nahm mir vor, mit Tante Gladys und Liz nach meinem Treffen mit Liam zu sprechen.

»Auf jeden Fall schön, dass du hier bist. Dachte schon, das hat was mit den Gerüchten zu tun«, plauderte Hillary weiter.

Bloß nicht nachfragen, von welchen Gerüchten sie sprach, zwang ich mich, aber das brauchte ich zum Glück auch nicht. War Hillary einmal in Fahrt, konnte sie nichts mehr stoppen.

»Vielleicht ist es ja wieder nur Gerede, dass Liam in Glenhaven ist. Aber passen könnte es schon, zumal man überall in den Medien hört, dass er sich eine Auszeit gönnt. Hast du was von ihm gehört?«

Ich mied ihren Blick und hoffte, dass meine heißen und sicherlich geröteten Wangen mich nicht verrieten. »Nein, wieso sollte ich?«

»Ihr wart doch so gut befreundet früher, du und Liam.«

Ich räusperte mich, um meine Verlegenheit zu überspielen. »Nein, also ich weiß nichts. Ich habe schon länger nichts mehr von ihm gehört.«

Hillary nickte bedächtig und wandte sich schon halb zum Gehen. »Komisch, aber warum sollte er auch alleine hier sein? Schließlich ist er erst seit einigen Monaten mit Natalie verlobt.«

Es klickte in meinem Kopf. Mit Natalie verlobt?

»Woher weißt du das? Davon war in den Medien nie die Rede.«

Sie lachte süffisant. »Nein, aber du weißt ja, seine Mom und meine sind gut befreundet, dadurch erfahre ich so einiges.«

Zwischen den Zeilen

Liam:
Wäre halb sieben in Ordnung für dich?

Die kleine Hoffnung in mir, dass Liam sich vielleicht doch nicht mehr mit mir treffen wollte, schmolz wie ein Schneeball auf einer heißen Herdplatte. Während am Nachmittag der x-te Weihnachtsfilm lief, den ich mir mit Tante Gladys und Liz ansah, war an Konzentration auf die Handlung nicht zu denken. Ständig machte ich mir Gedanken über die neuesten Gerüchte, die Hillary in die Welt gesetzt hatte.

Liam sollte verlobt sein? Warum zum Teufel hatte er mir nichts davon erzählt? Klar, es ging mich nichts an, aber über Natalie hatten wir gesprochen. Eine Verlobung war doch etwas, das man erwähnte, oder nicht?

Ich nahm mein Handy, googelte ihn und die Band und gab einige Suchbegriffe ein, um etwas über eine mögliche Verlobung zu erfahren. Doch es war nichts darüber zu finden.

Dann schloss ich den Browser und wechselte zu der Nachricht, die Liam mir geschickt hatte. Sollte ich mich wirklich mit ihm treffen? Das Gespräch mit Tante Gladys und Liz über meine baldige Abreise stand auch noch an. Ich beschloss, nach oben zu gehen, denn bei *»Kevin – Allein zu Haus«* war kein klarer Gedanke zu fassen.

In meinem alten Kinderzimmer ging ich auf und ab und blieb schließlich vor dem Fenster stehen. Der Schnee fiel in glitzernden weißen Flocken unaufhörlich vom Himmel. Alles hier in Glenhaven war auf Weihnachten eingestimmt, nur ich nicht. Aber war das ein Wunder, jetzt da Liam, mein ganz persönlicher Weihnachtsfluch, wieder in mein Leben hineingeschneit war?

»Ich muss dringend hier weg«, murmelte ich. Heute Abend, aber spätestens morgen würde ich Gladys und Liz endlich sagen, dass ich zurück nach London fuhr. Komme, was wolle. Schließlich ging es Gladys mittlerweile viel besser, zumindest soweit das mit ihrer chronischen Bronchitis möglich war. Auf jeden Fall war sie nicht mehr so schwach. War es also nötig, dass ich noch hierblieb? Ich war gekommen, um zu helfen, aber ganz offensichtlich hatte Liz, entgegen ihren Bekundungen, auch ohne mich alles wunderbar im Griff. Sicher, ich sollte ab jetzt viel öfter herkommen, jedoch nicht zur Weihnachtszeit und vor allem nicht, wenn Liam auch hier war. Es war einfach nicht auszuhalten, dieses Durcheinander in mir machte mich wahnsinnig. Ich biss mir auf die Unterlippe, denn während in mir die Stimme laut wurde, Glenhaven so schnell wie möglich wieder zu verlassen, war da auch die andere Seite in mir. Die, die mich daran erinnerte, dass ich vorgehabt hatte, die Vergangenheit hinter mir zu lassen. Und dazu gehörte Liam schließlich auch.

Ja, es wurde Zeit, ein für alle Mal Klarheit zu schaffen. Also nahm ich mein Telefon in die Hand und öffnete erneut den Chat mit Liam.

Ich:
Ich werde bald abreisen, und ja, es wäre gut, wenn wir vorher noch einmal miteinander sprechen. Halb sieben bin ich bei dir.

Prompt kam eine Antwort:

Liam:
Klingt irgendwie, als würdest du mit mir Schluss machen.

Er schickte ein grinsendes Emoji hinterher, und ich verschluckte mich fast. Nahm mich eigentlich niemand ernst auf dieser Welt?

Vor dem Cottage von Liams Eltern wuchs meine Anspannung. Ich saß in dem Auto, das Mike uns ausgeliehen hatte, und starrte auf das kleine Häuschen. Hier gab es keine grellen Weihnachtsdekorationen, nur zwei dezente Figuren im Vorgarten erinnerten daran, dass Winter und Weihnachten Einzug gehalten hatten. Das Cottage wirkte wie eine ruhige Oase in der weißen

Landschaft um mich herum. Doch ich wusste, dass sich alles ändern würde, sobald ich durch diese Tür trat. Der Sturm in mir würde nach draußen drängen. War es die richtige Entscheidung gewesen, hierherzukommen? Ja, es war richtig. Ich wollte bald nach London zurückkehren und dieses Kapitel endgültig hinter mir lassen. Und ich wollte auch in Zukunft nach Glenhaven kommen können, ohne ständig an Liam denken zu müssen. Aber was genau wollte ich ihm sagen? *Die Wahrheit*, antwortete warm meine innere Stimme.

Tief atmete ich durch, schnallte mich ab und verließ das Auto. Es hatte mittlerweile aufgehört zu schneien. Der Himmel war klar, und der Schnee glitzerte im Licht des Vollmonds. Ich straffte meinen Rücken und klopfte an die Tür. Es dauerte keine Minute, da öffnete Liam bereits. Mit ihm strömte die angenehme Wärme des Kaminfeuers heraus, das hinter ihm flackerte. Verdammt, er sah so gut aus in seinem großen Strickpullover und den verwaschenen schwarzen Jeans. Sein verwuscheltes dunkles Haar wirkte vertraut. Kaum eine Veränderung in den letzten fünf Jahren.

Unsere Blicke verfingen sich für einen Moment, bevor er sich räusperte und zur Seite trat. »Komm rein.«

Eine Weile schwiegen wir uns an, bis Liam das Wort ergriff. »Warum bist du so wütend?« Typisch Liam, immer direkt. Obwohl es manchmal schmerzte, hatte ich das immer an ihm geschätzt.

»Wütend? Das ist nicht das richtige Wort.«

»Wenn jemand die richtigen Worte findet, dann ja wohl du.«

Ich zog eine Braue hoch. Seine Aussage ließ einiges an Interpretationsspielraum offen. Schließlich war ich Meisterin darin, verbal in sämtliche Fettnäpfchen zu treten, die sich mir boten.

»Also, was beschäftigt dich?«, bohrte er nach, hielt mir ein *Irn-Bru* entgegen und deutete zum Sofa direkt vor dem Kaminfeuer. Jetzt war es an der Zeit, mutig zu sein, ehrlich zu sein, so wie ich es mir vorgenommen hatte. Ich nahm zur Stärkung einen Schluck von dem koffeinhaltigen Softdrink. Ein ordentliches Glas Whisky wäre mir lieber gewesen.

»Früher, da waren wir die besten Freunde. Mehr als das. Du warst der Mensch, von dem ich immer glaubte, dass er mein Seelenverwandter ist«, sagte ich leise. »Und gerade deshalb kann ich nach all den Jahren nicht so tun, als wäre nichts gewesen. Ich kann einfach nicht vergessen, was zwischen uns stand.«

Liam runzelte die Stirn und sah mich mit schiefem Blick an. »Also doch der Song. Ich hab dir schon gesagt, dass es mir leidtut, und wenn du willst, kann ich das wiedergutmachen.«

Ich hob meine Hand, um ihn zum Schweigen zu bringen. »Es ging nie um dieses verdammte Lied, Liam! Es ging nie um die Rechte oder dass du es für deine Band verwendet hast. Es ging darum, was zwischen den Zeilen stand.«

Endlich war es draußen.

Wir sahen uns schweigend an, ehe er aufstand und nachdenklich auf und ab ging. Und als er dann den Refrain des Liedes summte, klopfte mein Herz hart in meiner Brust.

»Im leisen Schneegefunkel
ein Geheimnis – wirst du es verstehen?
Werde ich schon morgen
die Weihnachtslichter in deinen Augen sehen?
Ein Flüstern unterm Sternenhimmel,
Herzen stumm im Glanz.
Mein Wunsch, die Sehnsucht in mir.
Süßer die Küsse nie schmecken
als diese Weihnacht mit dir.«

Dann sah er mich an, seine Augen schimmerten im Licht des Kaminfeuers. »Was zwischen den Zeilen stand?«

Ich nickte. »Liam, ich war verliebt in dich. Der Song war mein Geschenk an dich, um dir zu sagen, wie sehr ich dich mochte. Da war von meiner Seite viel mehr als nur Freundschaft, weit darüber hinaus. Und du hattest nichts Besseres zu tun, als das Lied deiner Band zu geben. Und am Ende sang ausgerechnet Natalie den Song, den ich für dich geschrieben hatte. Weißt du, wie weh das tat?«

Ich konnte sehen, wie er schluckte. Liam blickte mich lange an, fuhr sich dann durch das Haar und ging erneut auf und ab. »Es ... es tut mir leid, Charlie. Wie hätte ich wissen können, dass da mehr ist? Wir waren wie Geschwister.«

Für einen Moment schloss ich die Augen. »Ja, das waren wir. Ich weiß nicht, wann sich das geändert hat, aber es war sicherlich schon zwei Jahre her, bis ich endlich den Mut fand, dir diesen Song zu schenken.«

Er kam zu mir herüber und setzte sich neben mich. »Darf ich?«, fragte er und breitete die Arme etwas aus. Ich nickte schwach, woraufhin Liam mich fest in den Arm nahm. »Warum, Charlie? Warum hast du nie etwas gesagt?«

»Es ging so schnell. Bevor ich mich versah, warst du weg. Liverpool hat gerufen. Ich wollte dir nicht im Weg stehen, und ... du hast es nicht verstanden. Ich wollte mich nicht noch mehr blamieren.«

Er nickte. »Jetzt verstehe ich, weshalb es nicht der Erfolg des Songs an sich war, der dich gestört hat. Ich hielt das Lied für eines von vielen, die du geschrieben hast.« Er schien einen Moment lang in Gedanken und Erinnerungen versunken, ehe er weitersprach. »Erinnerst du dich an die Sommernachmittage, die wir am Loch verbracht haben?«

Natürlich erinnerte ich mich. Es waren die Augenblicke, in denen ich am glücklichsten gewesen war. Und trotz der Kälte des Winters war es, als spürte ich die wärmende Sonne auf meiner Haut. »Klar erinnere ich mich.«

»Du hattest immer eines deiner Notizhefte dabei, in das du alles Mögliche geschrieben hast. Am liebsten mochte ich deine humorvollen Kurzgeschichten.«

Ich grinste. »Ja, die waren gar nicht mal so übel. Wobei ich davon überzeugt war, dass sie außer dir keiner verstanden hätte.«

»Damals hattest du noch nicht das Selbstbewusstsein, das du heute ausstrahlst, Charlie. Ich finde, das steht dir.« Liam sah mich mit einem Mal so aufmerksam an, als wollte er sich jedes Detail meines Gesichts einprägen, obwohl er es längst auswendig kannte. Mein Herz schlug einen Salto nach dem nächsten in meiner Brust, während mir die Hitze ins Gesicht stieg.

Nach einer gefühlten Ewigkeit des Schweigens, in der ich mir wünschte, seine Gedanken lesen zu können, räusperte er sich und fuhr sich durchs Haar. Er war nervös. Aber weshalb? »Das alles ist Jahre her und …«

Auch ich fasste mich wieder und nickte zustimmend. »Das ist es, und da ist auch nichts mehr. Also … keine Gefühle oder dergleichen. Aber ich glaube, ich musste dir das einfach sagen, um endlich damit abschließen zu können. Und da ich bald zurück nach London reise …«

Eine Millisekunde hatte ich den Eindruck, dass seine grauen Augen sich ein wenig verfinsterten. Er löste seinen Blick von mir und betrachtete seine Hände. »Hast du es mir gesagt, damit der Weihnachtsgeist dich wiederfindet?«

Ich boxte ihn auf die Schulter. »Sehr witzig, du nimmst mich einfach nicht ernst.«

Wir schwiegen eine kurze Weile. »Weihnachtsfluch, Weihnachtsgeist – es ist völlig egal, wie du es nennen magst. Tatsache ist, dass ich das Bedürfnis hatte, dir zu sagen, was in mir vorging, bevor ich Glenhaven verlasse.«

Nun sah er wieder auf und fixierte mich mit einem Blick, den ich erneut nicht deuten konnte. Ich hatte den Eindruck, es lag Enttäuschung darin, seine Iriden wirkten dunkler als sonst. »Du willst also davonrennen? Ich hatte gehofft, wir könnten einander neu kennenlernen.

Du hast dich verändert, Charlie. Und etwas in mir brennt darauf, herauszufinden, was aus der Frau geworden ist, die mal meine beste Freundin war.«

Die Wärme seiner Stimme schickte ein Kribbeln über meine Haut, und doch hörte ich auch einen Vorwurf heraus. Und er wollte mich neu kennenlernen ... Hatte er überhaupt die leiseste Ahnung, was das erneut in mir auslösen könnte? Und dann war da auch noch Natalie ... Ich öffnete kurz den Mund, um etwas zu sagen, schloss ihn jedoch wieder und trank einen Schluck. Ich wollte meine Worte ausnahmsweise mit Bedacht wählen. »Das ist nicht fair. Schließlich scheinst du derjenige zu sein, der davonrennt. Nur nicht wie früher von zu Hause, sondern offensichtlich vor deiner Verlobten.«

Einen Moment schaute er mich erschrocken an. »Woher weißt du davon?«

Ich zuckte mit den Schultern. »Das hier ist Glenhaven, Liam. Was ist wirklich los bei dir und Natalie?«

»Die Verlobung mit Natalie ... das war ein großer Fehler, und tatsächlich habe ich sie schon nach zwei Wochen zurückgenommen«, gestand er. »Um ehrlich zu sein, ja, ich brauchte diese Auszeit. Aber nicht nur wegen der Musik, ich wollte Abstand zu allem. Natürlich war das alles nicht einfach für Natalie. Ich verstand mich ja selbst zunehmend nicht mehr. Noch nie in meinem Leben war ich mir selbst so fremd wie in den letzten Monaten. Sonst war es immer die Musik, die mich aus jeder düsteren Ecke herausgeholt hat. Aber dieses Mal half auch das nicht, im Gegenteil, es wurde schlimmer und schlimmer. Deshalb bin ich hier. Und selbst hier, zu Hause, war es die ersten Tage nicht besser. Bis ich dich traf …«

Ich schluckte. »Bist du mich trafst? Was meinst du damit?«

Er lächelte und musterte mich. »Das weiß ich selbst nicht so genau. Ich weiß nur, dass ich gerne mehr Zeit mit dir verbringen würde, denn von der ersten Minute an fühlte es sich an, als würde ich nach Hause kommen.«

Ich lachte laut auf, nicht zuletzt, um meine Nervosität zu verbergen. »Komisch, wir haben nichts weiter getan, als uns anzuzicken. Wenn du das brauchst, damit es dir besser geht – gern geschehen.«

Auch er lachte herzhaft. »Wie auch immer. Ich möchte auf keinen Fall, dass die Medien davon erfahren, gerade jetzt kurz vor Weihnachten, wo unser Lied wieder Aufwind erfährt.«

Ich nickte, und eine Weile saßen wir nur da, jeder hing seinen Gedanken nach. Doch eines interessierte mich doch. »Wie lange ist die Sache mit dir und Natalie her?«

»Du meinst, wann ich Schluss gemacht habe?«

Ich nickte und zog die Knie an meine Brust.

»Bald drei Monate.«

Auch wenn ich damals mit Natalie nie warm geworden war, empfand ich Mitleid mit ihr. Liams Leben hatte die letzten fünf Jahre nicht stillgestanden, und jedes seiner Worte wog schwer. Und doch hatte sich eines ganz offenbar nicht verändert: Er steckte in sich selbst fest, in seinen Träumen und Erwartungen ans Leben. So sehr, dass er nicht merkte, wie sehr er das

Leben anderer damit beeinflusste. Und gerade das, sein unnahbares Wesen, machte ihn anziehend. Er war ein Träumer, der mit dem Kopf in den Wolken hing, seine Texte kreativ und einfühlsam. Dennoch konnte man mit ihm Pferde stehlen, und wenn man dann rücklings auf deren Rücken lag und in die Sterne blickte, nahm Liam einen mit in seine Welt. Aber waren wir so unterschiedlich? Irgendetwas in mir verstand ihn. Wir waren die, die weggingen, statt die Dinge zu lösen, auch wenn das schwer für die Menschen war, die wir liebten und zurückließen.

Bitterkeit kroch meinen Bauch hinauf. »Dann liebst du Natalie nicht?«

Er schüttelte den Kopf. »Nein. Aber das habe ich viel zu spät gemerkt. Wahrscheinlich verspürte ich Sehnsucht danach, sesshaft zu werden.« Er seufzte. »Ich weiß es nicht. Auf jeden Fall ist es für mich an der Zeit, mir über einiges klar zu werden.«

Ich konnte mir ein Schmunzeln nicht verkneifen. »In Liebesdingen bist du wie ein Paukenschlag in einer Ballade. Da gebe ich dir recht.«

»Nicht nur in Liebesdingen. Wohl auch in Sachen Freundschaft.« Liam sah mich schwermütig an. »Wir, du und ich, waren so unzertrennlich – es tut mir leid, dass ich von deinen Gefühlen nichts mitbekommen habe. Ich hatte nur meine Karriere im Sinn, und unabhängig von deinen Gefühlen habe ich dich zurückgelassen. Meine beste Freundin, meine Seelenverwandte. Was war ich dumm! Aber jetzt sind wir älter geworden, wir sind erwachsen, und ich will die Freundschaft, die zwischen uns war, wiederbeleben. Es gab nie etwas

Vergleichbares, und ich werde denselben Fehler nicht wiederholen.«

Er kam mir näher, als er es ohnehin schon gewesen war. Mein Herz pochte, und mir wurde warm, viel zu warm. Ich rutschte ein Stück zurück. »Mach dir um mich keine Sorgen. Das alles ist lange vorbei. Sprich mit Natalie, ich glaube, das ist im Moment sehr viel wichtiger.«

»Du hast recht. Aber denkst du, das alles hat noch ein paar Tage Zeit?«

Ich kräuselte die Stirn. »Wie meinst du das?«

»Meine Idee. Sie fühlt sich im Moment sogar noch richtiger an als vorhin schon.«

Verwirrt schüttelte ich den Kopf.

»Ich befreie dich von deinem Weihnachtsfluch«, erklärte er. »Denn wenn es ihn wirklich gibt, kann wohl nur ich dich davon erretten. Was meinst du? Ich bringe dir den Weihnachtsgeist zurück. Und vielleicht finden wir dabei auch die Freundschaft wieder, die uns so lange verbunden hat. Gib mir eine Woche. Danach kannst du immer noch zurückreisen, und auch ich werde dann meine Angelegenheiten mit Natalie regeln.«

Am Ende ein Weihnachtswunder?

Als ich ins Haus schlich, hörte ich Liz in der Küche knuspern. Sie saß am Küchentisch vor ihrer Keksdose – die ohne Zucker wohlgemerkt.

Ich zog meine Jacke aus und wog meinen nächsten Schritt ab. Eigentlich müsste ich dringend mit jemandem reden, und der Einzige, der mir auf die Schnelle einfiel, war Clarence, aber der befand sich im Kuschelmodus mit seinem Mann.

Dann also doch Liz. Vorsichtig klopfte ich gegen den Türrahmen.

»Wo kommst du denn her?«, fragte meine Schwester. Mit einem Ächzen ließ ich mich auf den Stuhl ihr gegenüber sinken. »Trink erst mal einen Tee, du siehst erledigt aus.« Sie stand auf und holte eine Tasse aus dem Schrank, die sie dann mit einer seltsam farbigen Flüssigkeit füllte.

Ich verzog das Gesicht. »Was für ein Tee ist das denn?«

»Karottengrüntee«, antwortete sie mit voller Überzeugung. »Hat heilende Wirkungen.«

Ein kalter Schauer lief mir den Rücken hinunter. »Und welche sollen das sein? Hält er Albträume fern, weil das Getränk selbst schon ein Albtraum ist?«

Liz grinste, holte die Whiskyflasche aus dem Schrank und goss sich und mir einen kräftigen Schluck in den Tee. »Das sollte besser sein. Aber jetzt erzähl schon, was ist los mit dir?«

»Ich weiß es nicht. Im Moment ist einfach alles so durcheinander. Ich weiß, du hast genug zu tun mit dem Chaos und der Familie, und dann komme ich auch noch an und bin dir keine große Hilfe. Aber ...« Ich stockte, doch Liz ermutigte mich, weiterzusprechen, nicht ganz ohne Neugier in ihrem Blick.

»Aber? Was ist da noch?«

»Liam«, antwortete ich schließlich, und allein schon bei der Erwähnung seines Namens klopfte mein Herz höher.

Sie runzelte die Stirn. »Liam? Was ist mit ihm?«

»Er ist hier.«

Sie nickte langsam. »Dann haben die Gerüchte also doch etwas Wahres an sich. Man hörte ja, dass er sich eine Auszeit nehmen wollte. Ist es so schlimm?«

Ich zuckte mit den Schultern. »Ich war gerade bei ihm. Eigentlich wollte ich nicht wirklich sehen, wie es ihm geht, sondern einiges klarstellen.«

»Dann gibt es also doch einen Grund dafür, dass du kein Wort mehr über ihn verloren hast, seitdem du weg warst. Nun erzähl schon! Sonst bist du doch auch nicht auf den Mund gefallen.«

Schließlich erzählte ich ihr von dem Lied, das ich für ihn geschrieben hatte, was daraus geworden war – und ja, auch von den Gefühlen, die ich damals für Liam empfunden hatte. Bei jedem Wort, das ich sagte, rutschte sie auf ihrer Stuhlkante ein Stückchen weiter nach vorn.

»Ich fasse es nicht, dass er deinen Song benutzt hat, um groß rauszukommen«, sagte Liz nach einem Moment des Schweigens. »Vor allem, da dir der Text so viel bedeutet hat. Ich meine, schließlich hast du ihn für Liam geschrieben und nicht für die halbe Welt.«

Ich zog die Ärmel meines Pullis nach vorne über die Hände und atmete tief durch. »Ja, du hast recht. Und ja, womöglich hätte ich dagegen vorgehen müssen, aber ich war einfach so verletzt, verstehst du? Sicher will ich Liam nicht verteidigen, doch er hatte meinen Wink mit dem Lied nicht verstanden, und ich habe es so stehen gelassen.«

»Du glaubst ihm, dass er dachte, du schenkst ihm einfach so ohne Hintergedanken eine Weihnachtsballade?«

Ich überlegte einen Moment, ehe ich antwortete. »Ja. Für Liam gab es zu der Zeit neben der Musik kaum etwas, das ihm wichtig war. Und wir haben einander immer in unseren Träumen unterstützt. Schon vor dem Song hatte ich ihm Texte zum Lesen gegeben, um zu hören, wie er sie findet. Also ...«

Ich winkte ab, und erneut schwiegen wir, jede in ihre Gedanken versunken, bis Liz wieder das Wort ergriff. »Und du glaubst tatsächlich, dass er deinen Weihnachtsgeist mit sich genommen hat?« Sie schaute mich mit großen Augen an und schob sich einen Keks in den Mund.

»Natürlich gibt es keinen Weihnachtsgeist, Liz. Aber irgendetwas hat sich seither verändert. Seit dem Jahr, als Liam wegging, läuft gerade zur Weihnachtszeit in meinem Leben alles schief.«

Sie kaute bedächtig, nahm dann einen Schluck von ihrem Tee-Whisky-Gemisch, noch immer ohne ihren Blick von mir zu wenden. Langsam wurde mir die Situation unangenehm. Ich nahm ebenfalls einen Schluck, und sogleich durchströmte die Wärme des Tees meinen Bauch, während der Alkohol durch meine Blutbahnen floss und meine Wangen erhitzte.

»Vielleicht, weil du ihn insgeheim noch liebst?«, meinte Liz.

Ich schüttelte vehement den Kopf. »Bist du völlig verrückt geworden? Hast du vergessen, dass ich letztes Jahr bereit dazu gewesen wäre, Brian zu heiraten?«

Liz zuckte mit den Schultern. »Also, für mich siehst du ganz unverheiratet aus.« Sie deutete auf meinen ringlosen Ringfinger.

Ich rollte mit den Augen. »Das lag nicht an mir. Und nein, ich liebe Liam nicht. Außerdem war er bis vor einigen Wochen noch mit Natalie verlobt. Stell dir vor, er hat die Verlobung gecancelt.«

Liz rückte ihren Stuhl näher an den Tisch. »Und ich dachte, das wird ein langweiliger Abend. Und? Was ist denn nun passiert?«

»Na ja, er bat mich, das alles für mich zu behalten, weil er Bedenken hat, die Paparazzi könnten ihn hier finden und ihm das Leben zur Hölle machen.«

»Das ist dir großartig gelungen.«

»Witzig«, entgegnete ich, während ich aufstand und zum Kühlschrank ging, um mir einen Schokoladenpudding herauszuholen. »Vielleicht hätte ich dir das alles gar nicht erzählen sollen. Du behältst das doch für dich, nicht wahr?«

Sie winkte ab. »Schwesterliches Ehrenwort. Aber jetzt erzähl schon – und bitte nicht so durcheinander. Ich will alles von vorn wissen. Wie hat er auf dein Geständnis reagiert? Vielleicht ging es ihm ja genauso!«

Ich setzte mich wieder an den Tisch und steckte den Löffel mit Schwung in die schwabbelige Masse. »Da muss ich dir dein romantisches Herz leider brechen. Er betonte, wie sehr er mich mag. Wie eine Schwester.«

»Autsch. Das saß.«

Ich zuckte mit den Schultern. »Warum? Schließlich habe ich keine Gefühle mehr für ihn.«

War es so? Wie auch immer, in diese Richtung wollte ich das Gespräch auf keinen Fall lenken.

»Okay. Ich fasse zusammen: Du hast deinem Weihnachtsfluch deine Liebe aus Jugendzeiten gestanden, sein Nummer-eins-Hit ist eigentlich von dir, er hat die Verlobung mit Natalie gecancelt, und die Paparazzi sind ihm auf der Spur.«

Ich nickte zustimmend.

»Die Frage ist: Was ist jetzt dein Problem?«

Ich schaufelte mir eine große Ladung Pudding in den Mund und überlegte. »Liam möchte mir beweisen, dass er nicht dafür verantwortlich ist, dass ich den Weihnachtsgeist verloren habe. Er meinte, wenn es so etwas gäbe, dann könne nur er mir helfen. Er braucht nur ein paar Tage Zeit, weiß der Henker wofür.«

»Natürlich kann nur er dir helfen. Dass du eine krankhafte Abneigung gegen Weihnachten hast, ist bekannt. Warum das so ist, ist jetzt auch klar. Und ganz ehrlich? Weihnachtsgeist, Weihnachtsfluch – das alles klingt so …« Sie blickte verträumt an die Decke und kicherte. Der Whisky schien seine Wirkung zu entfalten. »Lass es ihn doch versuchen. Was spricht dagegen? Am Ende gibt es noch ein Weihnachtswunder!«

Ich biss mir auf die Unterlippe und schwieg.

Liz scannte mich mit zusammengekniffenen Augen. »Du wirst doch nicht wieder mir nichts, dir nichts verschwinden?«

»Was soll ich denn hier? Schau doch, Gladys muss nicht mehr im Bett liegen. Im Grunde hast du die Sache mit den Kindern im Griff. Gerade Weihnachten und gerade Liam – ich halte es einfach nicht aus.«

»Aber du hast doch Klarheit geschaffen?«

»Ich weiß einfach nicht, was ich will. Er meinte, er will um unsere Freundschaft kämpfen. Und er möchte mich neu kennenlernen, es wäre jetzt schon für ihn wie ein Nachhausekommen. Ich meine, wieso sagt er so etwas? Was, wenn sich bei mir doch wieder mehr daraus entwickelt? Ich weiß nicht, ob ich das ein weiteres Mal durchstehe.« Mein Mund sprach das aus, was mein Herz ganz offensichtlich schon längst verstanden hatte.

Liz lehnte sich in ihren Stuhl zurück und schaute mich nachdenklich an. Gleich würde eine Moralpredigt kommen, das war mir klar. »Möglich, dass du nicht weißt, was du willst. Aber hin und wieder bringt es Heilung, wenn man die Dinge, vor denen man Angst hat, durchsteht. Wenn man sie überwindet, verstehst du? Und wie willst du die Sache zwischen dir und Liam ein für alle Mal geklärt wissen, also so richtig? So wie es sich jetzt anhört, geht ihr wieder ganz offen auseinander. Du hast dich verändert, Charlie, und er sich sicher auch. Vielleicht seid ihr schon gar nicht mehr die Freunde, die ihr mal wart. Aber das wirst du nie erfahren, wenn du einfach wieder verschwindest. Willst du erneut fünf Jahre ins Land ziehen lassen mit all diesen Fragen: Was wäre wenn, was hätte sein können, wer ist er, wer bin ich, was sind wir füreinander? Lass es nicht so weit kommen. Knüpfe an diese Ehrlichkeit, die ihr jetzt geschaffen habt, an. Und bleibe. Außerdem sind wir, deine Familie, hier. Bleib über Weihnachten, verdammt noch mal!«

Sie sagte das in einem ernsten Ton, lächelte aber und hob ihre Teetasse, um mit mir anzustoßen. Ich schloss einen Moment die Augen, griff dann jedoch nach meiner Tasse und nahm einen tiefen Schluck, der mich von innen wärmte, auch wenn das nicht nur am Whisky lag. Wie sehr hatte ich es vermisst, mit meiner Schwester so zu sprechen, wie wir es früher immer getan hatten. Vielleicht hatte sie recht, vielleicht war das der Moment, die Dinge auszuhalten, um ihnen auf den Grund zu gehen. Und tief in mir drin verstand ich, dass es nicht nur Liam war, mit dem ich Frieden schließen musste. Es war dieser Ort, es war Weihnachten, meine Familie – und es war ich selbst.

Oben in meinem Zimmer vibrierte mein Handy.

Liam:
Eine Woche! Was sagst du?

Ich:
Das ist so ein Quatsch! Aber gut, eine Woche, und dann fahre ich zurück nach London.

Liam:
Yes! Das wird reichen.

Kopfschüttelnd legte ich das Telefon zur Seite und sah hinaus in die Nacht. Könnte ich mir mittlerweile vorstellen, Weihnachten in Glenhaven zu verbringen? Sollte ich nicht jede Zeit nutzen, um an den Horoskoptexten zu arbeiten? Auch wenn ich zumindest noch eine Woche hierbleiben würde, hätte ich trotzdem noch genug Zeit. *Und Weihnachten?*, hörte ich eine leise Stimme in mir fragen. Ich schloss die Augen. Eines nach dem anderen. Jetzt ging es erst einmal um eine Woche, schließlich konnte ich jederzeit ein Ticket nach Hause buchen.

Ich blickte hinaus. Die Weihnachtslichter, die Tante Gladys sogar im Garten installiert hatte, schimmerten im Dunkeln, und es schneite leicht. Die Magie der Weihnachtszeit lag in der Luft, und das erste Mal seit langer Zeit flammte die Erinnerung an eben diesen Zauber in mir auf, sanft und zaghaft wie die Schneeflocken, die in dieser Nacht durch die Luft tanzten.

Alles für die gute Sache!

Am nächsten Morgen setzte ich mich erneut an die Jahreshoroskope, die ich für die Redaktion schreiben sollte. Ich konnte nicht anders und lachte laut auf, als ich den albernen Text las, den ich bisher verfasst hatte. Irgendwie klang er witzig, doch leider wusste ich mit hundertprozentiger Sicherheit, dass Paul keine sarkastischen Horoskope erwartete. So fehlten mir noch elfeinhalb von zwölf Tierkreiszeichen. Fantastisch!

Sosehr ich mir an diesem Tag auch vornahm, mich auf die Arbeit zu konzentrieren, schweiften meine Gedanken immer wieder zu Liam und seiner verrückten Idee, meinen Weihnachtsfluch zu brechen, ab. Hatte er überhaupt schon eine Idee, wie das funktionieren sollte? Ich konnte mir lebhaft vorstellen, wie er als Santa Claus verkleidet durch die Gegend rannte, um den Weihnachtsgeist einzufangen.

Ich zwang meinen Blick auf den Bildschirm, doch die Horoskope verschwammen vor meinen Augen, und die Tastatur schien plötzlich eine fremde Sprache zu sprechen. Kurzerhand beschloss ich, schon vor der vereinbarten Zeit zu Liam hinüberzugehen. Ich klappte meinen Laptop zu und zog mich warm an. Ein Spaziergang an der frischen Luft würde mir sicher guttun.

Als ich die Küche betrat, fand ich Liz dort vor, die scheinbar gerade einen kleinen Nervenzusammenbruch hinter sich hatte. Ihr Haar stand wild in alle Richtungen ab, und sie sah aus, als hätte sie soeben einen Kampf ausgefochten – oder eine leidenschaftliche Nacht hinter sich, wobei der Kampf im Moment wahrscheinlicher war.

»Du siehst erschöpft aus. Kommst du hier klar?«, fragte ich besorgt.

Sie lächelte jedoch breit und war plötzlich wieder bester Laune. »Mach dir keine Gedanken. Ich habe nur vorhin die Kinder gebadet. Es ist immer das Gleiche. Zuerst bekomme ich sie nicht in die Wanne, und am Ende wollen sie nicht mehr aus dem Wasser.«

Ich legte den Kopf schief. »Kannst du mir versprechen, mich in Zukunft zu holen, wenn du Hilfe brauchst? Zusammen hätten wir das bestimmt viel leichter hinbekommen.«

Liz winkte ab. »Jetzt sei nicht albern.« Ich stemmte die Hände in die Hüften, und sie seufzte. »Schon gut, ich verspreche es. In Zukunft sage ich dir Bescheid, wenn du mich unterstützen kannst. Aber jetzt erzähl schon, geht's los?«

Ich runzelte die Stirn. »Was geht los? Wovon sprichst du?«

»Tu nicht so unwissend!« Liz bedachte mich mit einem verschwörerischen Blick. »Die Jagd nach dem Weihnachtsgeist natürlich!«

Ich entschied mich dazu, nicht weiter darauf einzugehen. »Ich gehe schon früher zu Liam. Ist das okay für dich?«

Liz zuckte mit den Schultern. »Klar! Alles für die gute Sache!«

Hatte sie das wirklich gerade gesagt? Ich sollte mal checken, ob sie sich heimlich am Whisky zu schaffen machte ... Aber erst brauchte ich was Süßes. Doch alles, was ich im Schrank fand, war gähnende Leere.

»Sag mal, wo sind denn all die Naschereien hin?«

Liz zuckte erneut mit den Schultern. »Willkommen in einem Haushalt, in dem Kinder leben. Wolltest du Liam etwas mitbringen?« Mir gefiel ihr neckischer Unterton nicht. Machte sie sich über mich lustig?

»Nur damit er nicht auf die wahnwitzige Idee kommt, wir könnten Plätzchen backen.« Ich griff beherzt in Liz' Keksdose, die neben ihr auf der Arbeitsplatte stand. Dann schnappte ich mir eine Tupperdose, die längst getrocknet am Spülbecken lag, und packte einige ihrer zuckerfreien und ziemlich hässlichen Undinger hinein. Sie würden schon nicht so schlimm schmecken. Hauptsache, ich musste nicht backen.

Liz schaute mich mit aufgerissenen Augen an. »Also das ... Ihr solltet ...« Doch dann winkte sie ab, grinste und widmete sich wieder den Sandwiches, die sie für den Nachmittag schmierte. »Viel Spaß!«, rief sie mir noch hinterher, als ich das Cottage verließ.

Der Vormittag war frostig, und eine dünne Eisschicht überzog die Straße. Jeder meiner Schritte auf dem gefrorenen Boden erzeugte ein knirschendes Geräusch, das die Stille der schottischen Landschaft durchbrach. Ein Hauch von Nebel hing über den Hügeln, und die karge, von der Kälte gezeichnete Umgebung sah aus, als wäre sie in einen zarten Silberschleier gehüllt.

Mein Herz klopfte schneller, als ich das Cottage vor mir erblickte, aus dessen Schornstein dicker Rauch emporstieg. Das Haus wirkte wie eine behagliche Oase inmitten der winterlichen Kälte, und ein Gefühl der Vorfreude mischte sich mit einer Prise Nervosität. Ich klopfte sanft an die massive Holztür und wartete, während mein Atem in der klaren, eisigen Luft sichtbar wurde.

Einige Augenblicke später öffnete Liam die Tür und strahlte mich an. »Charlie, du bist ja schon da. Das freut mich.«

Ich konnte nicht anders, als in seinen lebendigen dunkelgrauen Augen zu versinken, und sofort kribbelte es in meiner Magengrube. Ein Gefühl, das ich gerade überhaupt nicht gebrauchen konnte. Schnell lenkte ich meinen Blick ab und drängte mich an ihm vorbei ins Innere. »Ich konnte mich einfach nicht länger auf die dämlichen Horoskope konzentrieren, die ich für das Magazin schreiben soll.«

Drinnen war es warm und gemütlich. Das Kaminfeuer knisterte vor sich hin und verbreitete wohlige Wärme. Liam führte mich ins Wohnzimmer, wo bereits eine Teekanne und eine Tasse auf dem Tisch standen. »Setz dich, ich hole dir auch eine Tasse, dann kannst du dich erst mal aufwärmen.«

Ich nickte, während ich meine Jacke auszog.

»Hast du gerade gesagt, du schreibst Horoskope? Ernsthaft?«

Na toll, jetzt musste ich mich auch noch zu meiner vermeintlichen beruflichen Misere äußern. Das fing ja schon mal gut an. Doch was soll's, dachte ich mir und erzählte Liam von meinen letzten Arbeitstagen bei *»So What!«*.

»Dann sollst du also diese Horoskope liefern oder eine Story aus dem Ärmel zaubern?«

»Ja, wobei es hier in Glenhaven wohl kaum eine bahnbrechende Story geben wird. Also bleiben nur die Horoskope.« Ich seufzte. »Wie auch immer. Lass uns das Thema wechseln. Was ist denn nun dein Plan, um meinen … ähm, meinen … Weihnachtsfluch zu brechen?«

Liam lehnte sich grinsend über den Tisch. »Du hast damit angefangen, Charlie, und solange du vielleicht tief in dir glaubst, dass ich etwas mit deiner Weihnachtsflaute der letzten Jahre zu tun habe, sehe ich mich in der Pflicht, dir aus diesem Dilemma zu helfen.«

»Und wie soll das bitte funktionieren?«

Liam stand auf, verließ den Wohnraum und kehrte kurz darauf mit Werkzeug zurück. Mein Herz setzte einen Moment aus, als ich die Säge und die Axt in seiner Hand sah. Ich schluckte.

»Keine Angst, wir werden den Weihnachtsgeist nicht mit Gewalt zurückholen«, beruhigte er mich und lachte. »Aber du wirst heute einen Weihnachtsbaum fällen.«

»Ich werde was?«

Ein Kleid für Onkel Fichte

Bei jedem Schritt, den wir durch die matschige Schneedecke marschierten, fragte ich mich einmal mehr, ob ich nicht nur vom Weihnachtsgeist, sondern auch von allen anderen guten Geistern verlassen worden war. Ich war mir ziemlich sicher, dass ich morgen früh mit einem Muskelkater aufwachen würde, schließlich wateten wir schon bald eine Stunde durch diesen Winterwunderwald. Meine letzte Begegnung mit Sport lag so weit zurück, dass es sich eher wie ein historisches Ereignis anfühlte.

»Wie wäre es mit diesem hier?« Bewaffnet mit der Axt in der einen und mit der Säge in der anderen Hand deutete Liam auf einen Baum, der sicher eine hübsche Weihnachtsdekoration abgeben würde, aber einen Stamm hatte, der meine Oberarmmuskeln schon jetzt ängstlich zucken ließ. Dennoch, das alles hier musste ein Ende nehmen.

»Diesen hier!«, sagte ich also und ging zu einem Baum, der direkt neben uns stand. Liam lachte laut auf, und ich stemmte die Hände in die Hüften. »Was gibt es da bitte zu lachen?«

Er legte das Werkzeug in den Schnee und trat näher an den Baum heran. »Ist der nicht ein bisschen ... mickrig?«

Auch ich kam näher heran und begutachtete die kleine, leicht kahl wirkende Fichte. Ich zuckte mit den Schultern und antwortete entschlossen: »Diesen oder keinen.«

Wir setzten die Säge am Baumstamm an, und Liams erster Zug war so kräftig, dass ich das Gleichgewicht verlor und kopfüber im Schnee landete. Als ich mich auf den Rücken rollte und wieder aufrichtete, reichte Liam mir die Hand.

»Na, das fängt ja gut an«, sagte ich mit einem ironischen Lächeln, während er sich bemühte, sein eigenes Grinsen zu zügeln.

Ich nahm seine Hand und ließ mich von ihm hochziehen. Sein Griff war fest und warm, und als ich wieder auf den Beinen stand, spürte ich die Hitze auf meinen Wangen. Sicher war ich puterrot geworden. Liam fixierte mich intensiv, und für einen kurzen Augenblick schienen die Bäume und der Schnee um uns herum zu verblassen. Ein elektrisierendes Kribbeln durchfuhr meinen Körper, und mein Herz schlug schneller. Ich riss meinen Blick von ihm los, nur um auf seine sinnlichen Lippen zu starren. Die Versuchung nagte an mir, und ich fragte mich, wie es wohl wäre ... *Verdammt!*, schalt ich mich innerlich und trat einen Schritt zurück, während ich meine Mütze abnahm und den Schnee abschüttelte.

»Möchtest du aufhören?« Seine Worte klangen leise, begleitet von kleinen Dampfwölkchen in der eisigen

Luft. Sein Blick war unsicher, was mich selbst ebenfalls verunsicherte. Denn Unsicherheit und Liam waren normalerweise zwei Welten, die sich nie berührten.

Für einen Augenblick erwog ich, Liams Vorschlag anzunehmen und diese schräge Weihnachtsmission sein zu lassen. Ich konnte nicht leugnen, dass seine Anwesenheit und jede seiner Berührungen – sei es absichtlich oder versehentlich – mich aus der Fassung brachten. Eine innere Stimme flüsterte mir warnend zu, ich solle mich zurückziehen, Distanz wahren. Doch da war auch dieser sture Teil in mir, der nicht klein beigeben wollte. Schließlich war ich fünf Jahre älter als damals, und Liam war nicht der einzige Mann, der mir das Herz gebrochen hatte. Und wir waren nicht einmal richtig zusammen gewesen. Also kein Grund, etwas überzubewerten. Mein Herz war in Sicherheit. Ganz bestimmt.

»Aufhören? Auf gar keinen Fall!«, erklärte ich daher entschlossen und wandte mich wieder der kleinen Fichte zu. Diese Aufgabe war leichter zu bewältigen als die wirren Gefühle in mir.

Mit vereinten Kräften sägten wir, und es dauerte nicht lange, bis der Baum mit einem zufriedenstellenden Knacken umstürzte. Stolz betrachteten wir unsere Errungenschaft.

»Sieht aus wie der schrullige Onkel unter den Weihnachtsbäumen«, bemerkte ich und konnte mir ein Schmunzeln nicht verkneifen.

Liam lachte. »Und das ist es, was ihn so besonders macht.«

Nach einem furchtbar anstrengenden Rückmarsch erreichten wir endlich wieder das Cottage und platzierten unseren Weihnachtsbaum im Wohnzimmer.

»Ich würde sagen, wir ziehen uns um und wärmen uns auf«, schlug Liam vor, als wir damit fertig waren.

Ich nickte. Wir waren beide klatschnass und halb erfroren, und ein bisschen Wärme würde uns sicher guttun.

Ich verschwand im Badezimmer, um den Schneeanzug, der Liams Mutter gehörte, auszuziehen und über die Wanne zu hängen. Als ich in den Spiegel schaute, blickten mir rosige Wangen und lebendige Augen entgegen. Lag es an der Anstrengung oder an der Tatsache, dass ich den Tag mit Liam verbrachte? Ich schüttelte den Kopf, um die Gedanken zu vertreiben, und kehrte ins Wohnzimmer zurück.

Was ich dann sah, verschlug mir für einen kurzen Moment die Sprache. Liam stand vor mir, und er trug tatsächlich wieder das Santa-Claus-Kostüm von neulich, als er mich im Dorf umgeworfen hatte. Er hob verteidigend die Hände und lächelte unschuldig. »Überraschung!«

Ich konnte es kaum fassen. »Das ist doch nicht dein verdammter Ernst!«

Er nickte energisch. »Oh doch! Das Fällen war nur der erste Teil. Jetzt gehen wir ins Dorf, und du suchst die Deko aus, mit der wir den Baum schmücken.«

Ich sah ihn skeptisch an. »Willst du mir erzählen, dass ihr hier im Haus nichts zum Schmücken habt? Das klingt genauso realistisch wie der Weihnachtsgeist selbst.«

Liam lachte. »Das wäre zu einfach, Charlie. Ich möchte, dass du die Gegenstände findest, die es wirklich wert sind, den Baum damit zu schmücken.«

»Und dann wird mich der Weihnachtsgeist finden, oder wie?«

Ich griff in die Keksdose, die immer noch unberührt auf dem Tisch stand. Vielleicht, wenn ich mir ganz fest vorstellte, dass sich doch das eine oder andere versteckte Körnchen Zucker in den verdammt gesund aussehenden Plätzchen befinden könnte, würden sie mir dennoch als Nervennahrung dienen. Ich hatte das Gefühl, dass ich genau das jetzt gut gebrauchen könnte.

Siegessicher betrat ich Finnigans Laden, in dem ich schon die Geschenke für die Kinder gekauft hatte. Wenn ich fündig werden wollte, dann hier. Finnigan schien in Sachen Ladendekoration noch eine Schippe draufgelegt zu haben.

Liam aka Santa Claus kam kurze Zeit später ebenfalls ins Geschäft, schließlich war er wieder undercover unterwegs, und es wäre mehr als auffällig gewesen, wären wir gemeinsam durch das Dorf marschiert. Der Gedanke, dass ich hier in Finnigans Laden quasi unter der Beobachtung von Santa Claus stand, erheiterte mich dermaßen, dass ich jedes Mal kicherte, als mein Blick auf Liam fiel. Dabei schüttelte er kaum merklich den Kopf und hielt sich den Zeigefinger an den Mund. Ich tat es ihm gleich und kicherte erneut. Es war, als würde ich in einem Weihnachtsfilm mitspielen, und ich konnte nicht anders, als mich von der skurrilen Stimmung mitreißen zu lassen.

Dann hörte ich ein Räuspern dicht neben meinem Ohr und drehte mich um. Komischerweise hatte ich das Gefühl, mich in Zeitlupe zu bewegen, und das Geräusch, das Finnigan von sich gab, konnte nicht direkt neben meinem Ohr gewesen sein, denn er stand auf der anderen Seite des Geschäftes und war in ein Verkaufsgespräch vertieft. Ich fühlte mich seltsam verändert, geradezu heiter beschwingt. Vielleicht war der Weihnachtsgeist ja schon ganz nah? Auszuschließen war das nicht, schließlich befand ich mich gemeinsam mit Santa Claus in einem Laden, mit dem Ziel, Onkel Fichte mit einer – ich sah mir den Gegenstand an, den ich in der Hand hielt – mit einer Suppenkelle zu dekorieren. Das ist genial, dachte ich und steckte die Kelle in den Einkaufskorb.

Ein warmes Prickeln breitete sich in meinem Körper aus, und ich fühlte mich auf einmal seltsam euphorisch und entspannt. Die Farben der Weihnachtsdekorationen schienen lebendig zu werden, und ich konnte nicht anders, als laut zu lachen.

Santa Claus schaute mich besorgt an und schlich in einem unbemerkten Moment zu mir. »Alles in Ordnung?«

Ich grinste breit. »Besser als je zuvor! Das wird der coolste Weihnachtsbaum ever, ich bin im Flow!«

»Brüll doch nicht so, Charlie«, wisperte Santa Claus mahnend, bevor er wieder in einem der Gänge verschwand. Ich schaute mich um und bemerkte, dass die anderen Kunden im Laden mir merkwürdige

Blicke zuwarfen, aber ich kümmerte mich nicht darum. Schließlich war ich auf einer weihnachtlichen Mission.

Meine Auswahl an Dekoration wurde immer absurder: bunte Strohhalme, eine Menge Spielzeugautos und sogar ein aufblasbares Einhorn, das ich kurzerhand in den Einkaufskorb legte. Die anderen Kunden schauten mich jetzt nicht nur merkwürdig an, sondern hielten sich auch vorsichtig von mir fern. Ich konnte es ihnen nicht verübeln.

Schließlich zahlte ich an der Kasse und verließ den Laden, die Einkaufstasche voll mit skurrilem Schmuck für unseren Weihnachtsbaum.

Santa Claus blieb neben mir stehen und sah mich mit einem amüsierten Lächeln an. »Du bist wirklich in Weihnachtsstimmung, oder?«

Ich nickte enthusiastisch. »Oh ja, Liam! Dieser Baum wird legendär!«

Zurück bei Liam zu Hause schlenderte ich erheitert zur Keksdose, die noch immer auf dem Tisch stand. Kaum hatte ich die Dose berührt, stoppte mich Liam, indem er meine Hand von den Keksen zog. Ich drehte langsam den Kopf in seine Richtung, und unsere Blicke verfingen sich. Wieder konnte ich nur an seine Lippen auf meinen denken. Vor allem sein Duft, eine Mischung aus herbem Leder und süßem Sandelholz, vermischt mit dem Geruch des frisch gefällten Baums, war so anziehend, dass ich am liebsten …

»Sag mal, hast du diese Kekse selbst gebacken?«

Langsam zog ich meine Hand aus seiner, verwirrt von seiner Frage, und überlegte einen Moment. »Ob *ich* die gebacken habe?« Er verzog sein Gesicht zu einem breiten Grinsen, und ich brach in fröhliches Gelächter aus. »Ich und backen? Das ist köstlich, Liam! Du kennst mich also wirklich nicht mehr.«

Er neigte den Kopf zur Seite und musterte mich, als wäre ich ein Schneemann im Juli, was mich noch mehr zum Lachen brachte.

»Du benimmst dich seltsam«, stellte er schließlich fest, immer noch grinsend. »Und deine Augen, die sind ganz glasig. Fast so, als wärst du high.«

Ich schluckte und setzte mich, schaute auf die Keksdose, dann wieder zu Liam und zurück. »Die sind von Liz, also …«

Nun war es Liam, der lauthals lachte, und kurzerhand fiel ich ein und grölte mit.

Nachdem wir uns beruhigt hatten, schmückten wir den Baum mit den Gegenständen, die ich ausgesucht hatte. Die Suppenkelle hing neben den glitzernden Kugeln, das Einhorn thronte auf den Ästen, und die vielen Spielzeugautos fanden ebenfalls ihren Platz. Es war der verrückteste Weihnachtsbaum, den ich je gesehen hatte, und ich liebte ihn.

Eine Zeit lang standen wir nebeneinander und bewunderten den Baum, ehe Liam die Lücke zwischen uns schloss, meine Schultern umgriff und mich an sich drückte. Wie immer, wenn er mir nah war, durchfloss mich eine prickelnde Wärme, und es fiel mir schwer, mich zu entscheiden, ob ich seinen Duft einatmen oder die Luft anhalten sollte.

»Den Weihnachtsgeist können wir damit sicher anlocken.« Liam klang zufrieden, und ich nickte nur, weil mir kein Wort über die Lippen kommen wollte. Mein Herz pochte so heftig in mir, dass es mir den Hals zuschnürte.

Ich drehte mich zu Liam. Zärtlich schob er mir eine Strähne hinter mein rechtes Ohr und schmunzelte dann leicht. »Ich glaube, ich bringe dich jetzt besser nach Hause, du solltest deinen Rausch ausschlafen.«

Keks sei Dank

»Liz, wo bleibst du? Können wir nun endlich los?«, rief ich.

Ungeduldig standen wir vor dem Cottage – Tante Gladys, die Kinder und ich. Als Liz schließlich kam, konnte ich kaum glauben, was sie vor sich herschob: einen Rollstuhl.

Der Ausdruck auf Tante Gladys' Gesicht verriet Entsetzen, und ihre Worte hallten schrill durch die Luft: »Was willst du mit diesem Ding? Auf gar keinen Fall setze ich mich in einen Rollstuhl, und schon gar nicht werde ich damit auf den Weihnachtsmarkt fahren!«

Liz versuchte, die aufgeheizte Stimmung zu besänftigen. »Beruhige dich, Tante Gladys. Der Rollstuhl ist nur für den Fall der Fälle. Der Markt ist riesig, und du willst doch nicht die ganze Zeit stehen, oder? Falls du eine Pause brauchst, kannst du dich kurz hineinsetzen.«

Tante Gladys blieb entschlossen. »Ich werde niemals diesen Rollstuhl benutzen, Liz. Das ist ausgeschlossen.«

Die Kinder blickten verwirrt hin und her, und ich überlegte, wie wir dieses Problem lösen könnten. Vielleicht war es aber auch besser, mich gar nicht erst einzumischen. Tante Gladys und Liz trugen ein stummes Duell mit Blicken aus, während die Kinder mittlerweile nervös hin und her trippelten.

Ich räusperte mich. »Was haltet ihr davon? Wir lassen den Rollstuhl hier, und solltest du ihn doch brauchen …«

»Niemand wird diesen Rollstuhl benutzen«, unterbrach mich Tante Gladys vehement. »Eher krieche ich auf den Weihnachtsmarkt.«

Liz seufzte. »Okay, wir lassen ihn hier. Solltest du deine Meinung ändern – ja, ich weiß, das wirst du nicht tun –, aber falls doch, werde ich ihn einfach holen.« Sie schob den Rollstuhl zur Seite. »Lasst uns jetzt losgehen, bevor es auf dem Markt zu voll wird.«

Die Kinder jubelten, und Tante Gladys, die immer noch skeptisch dreinschaute, marschierte mit festen Schritten los in Richtung des Dorfkerns.

»So wie Tante Gladys beweisen möchte, wie fit sie noch ist, sollten wir lieber Ersatzinhaler mitnehmen«, scherzte Liz. »Ich werde noch vor ihr unter der Erde liegen, wenn es so weitergeht.« Einen Moment gingen wir schweigend nebeneinanderher. »Und? Wie war es gestern?«, fragte sie wie beiläufig, doch ich konnte die Neugier in ihrer Frage erkennen.

»Dank deiner Kekse habe ich mich wahrscheinlich zum Gespött des ganzen Dorfes gemacht.«

»Ups«, murmelte sie. »Und wie geht es dir so? Schließlich gehst du auf den Weihnachtsmarkt.«

»Willst du jetzt ernsthaft wissen, ob ich den Weihnachtsgeist wiederentdeckt habe?«

Liz zuckte mit den Schultern. »Ja, und ob du und Liam euch nähergekommen seid.«

Ich blieb stehen. »Da ist nichts zwischen ihm und mir.«

»Von deiner oder von seiner Seite aus?«

Ich schüttelte den Kopf und schwieg. Viel lieber hätte ich geantwortet, dass zwischen Liam und mir so wenig Romantik steckte wie Zucker in Liz' Hashkeksen, aber das wäre wohl gelogen.

Der Weihnachtsmarkt hatte seinen ganz eigenen Charme. An uns zogen festlich geschmückte Wagen vorbei, begleitet von fröhlicher Musik. Ein Wagen war mit funkelnden Lichtern und glitzernden Kugeln geschmückt. Ein Kinderchor sang Weihnachtslieder, und die Zuschauer stimmten begeistert mit ein. Von einem anderen Wagen ließ eine Gruppe von Dudelsackspielern, gekleidet in traditionelle Kilts, ihre kraftvolle Musik durch die Straßen hallen.

Die engen Gassen waren gesäumt von kleinen Holzhütten, in denen Kunsthandwerk und rustikale handgefertigte Geschenke angeboten wurden. Überall hingen Tannenzweige und funkelnde Lichterketten, die den Markt in ein warmes, festliches Licht tauchten.

Ein besonderer Anziehungspunkt war der Duft von frisch gebratenen Würstchen und würzigem Glühwein, der in der kalten Luft hing. Die Menschen drängten sich um die Essensstände, um sich mit Leckereien zu verwöhnen. Hier konnte man Haggis probieren oder sich an einem dampfenden Schüsselchen Cullen Skink, einer schottischen Fischsuppe, wärmen. Kinder tobten auf einer kleinen Eislaufbahn, während die Erwachsenen sich über die zahlreichen Stände mit handgemachten Pralinen und Gebäck hermachten. Über allem thronte eine imposante Tanne, geschmückt mit funkelnden Lichtern und schottischen Tartan-Schleifen, die das Zentrum des Marktes bildete.

Die Menschen, ob jung oder alt, waren in festlicher Stimmung und genossen sichtlich die fröhliche Atmosphäre. Es war ein Ort, an dem Tradition und Moderne aufeinandertrafen. Der Zusammenhalt zwischen den Bewohnern Glenhavens war so präsent, dass selbst ich die Heimat in mir spürte. Es war nicht zu leugnen, dass der Weihnachtsmarkt etwas Magisches an sich hatte.

Und dennoch konnte ich das unangenehme Gefühl nicht leugnen, dass mich alle seltsam ansahen. Ich war mir ziemlich sicher, dass das an der peinlichen Aktion gestern in Finnigans Laden lag. Wie auch immer, ich konnte daran jetzt ohnehin nichts mehr ändern, also tat ich es den anderen gleich und machte mich über die Essensstände her.

Kaum hatte ich mich an der Wurstbude positioniert, trat Hillary auf mich zu. »Hey, Charlie, geht's dir gut? Ich habe gehört, du warst gestern etwas … neben der Spur. Was war denn los?«

Ich winkte ab. »Ach, nichts, alles in Ordnung. Der Whisky, den mir Liz gegeben hat, ist mir wahrscheinlich nicht bekommen. Du weißt ja, wie das ist. Es ist einfach tagesformabhängig.«

Hillary nickte, doch ihr Blick blieb skeptisch. Sicher würde ich im Ort bald den zweifelhaften Ruf genießen, die Alkoholabhängige zu sein oder die, die während ihrer Zeit in London verrückt geworden war.

»Hast du mittlerweile etwas von Liam gehört?«

»Nein, Hillary, ich habe immer noch nichts von ihm gehört«, erwiderte ich mit Nachdruck. »Aber wenn ich etwas erfahre, werde ich dich sofort informieren. Oder es vielleicht der örtlichen Zeitung stecken. Was hältst du davon?«

Hillary sah mich schockiert an, schüttelte den Kopf und ließ mich ohne ein weiteres Wort einfach stehen.

Währenddessen war Liz in ein Gespräch mit Dr. Hamish McGregor vertieft. Die beiden waren ganz offensichtlich in Flirtlaune, was ich daran erkannte, dass meine Schwester sich einige Male kokett durchs Haar strich. Er wiederum himmelte sie mit leuchtenden Augen an. Es schien, als wäre das die private Angelegenheit, über die Liz kürzlich nicht hatte sprechen wollen. Als ich über den Rollstuhl nachdachte, den Liz mitgebracht hatte, und mir dazu noch einfiel, dass Hamish in Edinburgh in einer Klinik arbeitete, wurde mir so einiges klar. Ich musste schmunzeln – es gab wohl niemanden auf dieser Welt, der mehr Glück in Liebesdingen verdient hatte als Liz.

Mein Blick wanderte zu Tante Gladys, die neben den Damen aus dem Bridgeclub stand, und zu den Kindern, die bereits ihre Klassenkameraden gefunden hatten. Irgendwie fühlte ich mich fehl am Platz, daher zog ich mein Handy aus der Tasche und schrieb eine Nachricht an Liam.

Ich:
Hey, bin gerade auf dem Weihnachtsmarkt. Alle sehen mich seltsam an. Woran das wohl liegt??

Ich fügte ein augenrollendes sowie ein Keks-Emoji hinzu und schickte die Nachricht ab. Gerade wollte ich das Telefon wieder in meine Tasche stecken, da vibrierte es auch schon in meiner Hand.

Liam:
Tja, woran das wohl liegt … Gerade wollte ich dir auch schon schreiben. Hast du heute Abend Zeit für Teil zwei deiner Weihnachtsgeistbeschwörung?

Ich:
Solange ich nicht wieder den Schneeanzug deiner Mutter tragen muss …

Liam:
Er stand dir hervorragend. Aber wenn er dir nicht gefällt, dann komm am besten in deinem eigenen. So um fünf wäre optimal, dann ist es schon dunkel.

Weihnachtsgeistbeschwörung Teil zwei

Draußen war es klirrend kalt, als wir uns bei Einbruch der Dunkelheit auf den Weg machten. Wir stapften durch den Schnee, unter dem die Weide lag, und hielten unsere Fackeln fest. Unser Ziel war der Heather Loch, an dem wir als Kinder so oft gespielt hatten.

»Und das soll jetzt den Weihnachtsgeist herbeirufen?«, fragte ich skeptisch. »Wie soll das funktionieren?«

Liam antwortete: »Nun ja, ich dachte, wir könnten an einen Ort unserer Kindheit zurückkehren, an dem wir häufig Zeit verbrachten. Sind es nicht die Kinder, die den Weihnachtsgeist noch am meisten spüren? Also, so denke ich, könnte es helfen, wenn wir uns gegenseitig von dem schönsten Weihnachtsfest erzählen, an das wir uns erinnern.«

Ich betrachtete ihn kritisch. »Das klingt wie Psychotherapie, Liam. Aber wenn du meinst ... Ich verstehe trotzdem nicht ganz, warum wir nicht im Warmen in Erinnerungen schwelgen können.«

Liam lachte. »Du meinst, zum Beispiel in einem Pub?«

»Ja, genau! Was gäbe ich für ein Scottish Pale Ale!«

»Und da säße ich dann im Santa-Claus-Kostüm ... Und glaubst du, der Geist käme zu uns, wenn wir in einem Lokal sind? Ich denke, die mystische Landschaft um uns herum bietet die besten Voraussetzungen, um den Weihnachtsgeist wieder hervorzurufen.«

»Ach, du denkst, ein Pub wäre nicht die richtige Atmosphäre für den Weihnachtsgeist? Dabei könnte er dort vielleicht ganz andere Fähigkeiten in mir wecken, wie zum Beispiel das Beschwören der Gespenster vergangener Happy Hours! Das wäre doch was. Freigetränke *all night long*.«

»London hat offensichtlich eine echte Partymaus aus dir gemacht. Gestern Hashkekse und heute Drinks bis zum Abwinken?« Er lachte warm und stupste mich an der Schulter an. »Gut, dass du mich hast. Möchte nicht wissen, was für Peinlichkeiten als Nächstes kämen.«

»Ahhh, danke, lieber Santa. Was täte ich nur ohne deine Fürsorge.«

Während unserer Wanderung belebte sich unsere alte Vertrautheit mit jeder Minute mehr. Trotz der Kälte wurde mir warm ums Herz, und ich genoss die Leichtigkeit und das mühelose Gespräch zwischen uns. Es war beinahe wie in alten Zeiten, mit diesem einen Unterschied, dass unsere Beziehung eine neue Dimension zu entwickeln schien. Ich konnte noch nicht absehen, wohin das führte, aber eines war sicher: Es fühlte sich verdammt gut an.

Der Loch lag etwa fünfundzwanzig Minuten von Liams Haus entfernt, und es würde nun nicht mehr lange dauern, bis wir ihn erreichten. Der Himmel war klar, Sterne funkelten bereits am Firmament, und der Mond hing voll am Himmel – beinahe so hell, dass er die Fackeln fast überflüssig machte.

Unser Ziel, Heather Loch, lag eingebettet in die schottische Landschaft wie ein verborgenes Juwel. Der Name des stillen Gewässers rührte von den unzähligen Heidekrautbüschen her, die seine Ufer säumten und in der Sommerzeit in satten Purpurtönen blühten. Es lag inmitten eines Moorgebiets und strahlte eine ruhige, fast mystische Atmosphäre aus. Für die Einwohner Glenhavens war Heather Loch nicht nur ein malerischer Ort der Ruhe und Erholung, sondern auch ein Ort voller Geschichten und Legenden, die sich um seine geheimnisvolle Schönheit rankten. Hier wurde die Magie der Landschaft lebendig.

Liam und ich marschierten eine Weile schweigend, bis er schließlich die Stille brach. »Erinnerst du dich an das Jahr, in dem mein Vater so krank war und Weihnachten im Krankenhaus verbringen musste?«

»Ja, natürlich erinnere ich mich daran. Wir müssen zehn Jahre alt gewesen sein«, antwortete ich.

Er nickte bedächtig. »Ich fand, das war eines der schönsten Weihnachten in meinem Leben, obwohl Dad nicht da war.«

Ich war überrascht und neugierig zugleich. »Wirklich? Warum das?«

Liam lächelte leicht und blickte in die Ferne. »Weil es das Jahr war, in dem ich gelernt habe, was wahre

Freundschaft bedeutet. Du warst es, die in dieser Zeit an meiner Seite war. Zusammen haben wir all die Dinge gemacht, die normalerweise nur eine Familie an Weihnachten tut. Backen, Geschenke austauschen, Weihnachtslieder singen – wir haben das alles gemacht.«

Ein warmes Gefühl der Nostalgie erfüllte mich. »Ja, das war wirklich eine besondere Zeit. Ich glaube, das hat auch unsere Freundschaft noch verstärkt.«

Liam nickte zustimmend. »Genau das meine ich. Es war das Weihnachten, das mir gezeigt hat, dass selbst Freunde einem so nah sein können wie die Familie. Von da an warst du fest in meinem Herzen verankert.«

Wir setzten unseren Spaziergang zum Heather Loch fort, und während die Sterne und der glänzende Mond uns auf unserem Weg begleiteten, dachte ich über seine Worte nach. Es berührte mich, dass er mich damals zum Kreis seiner engsten Vertrauten gezählt hatte. So nah, wie nur Familie einem war. War es deshalb so einfach für ihn gewesen, mich zurückzulassen? Schließlich liebte ich meine Familie auch nicht weniger, nur weil ich in London lebte. Der Gedanke stimmte mich versöhnlich mit der Vergangenheit und seiner Entscheidung, Glenhaven und damit mich hinter sich zu lassen. Und dann kam mir der Gedanke, dass es womöglich nicht so grausam wäre, für meine Familie über das Weihnachtsfest hier in Glenhaven zu bleiben. Dass es mir sogar gefallen könnte.

»Und wie ist es bei dir? An welches Weihnachtsfest erinnerst du dich am liebsten, Charlie?«, fragte Liam sanft, nachdem ich nicht von mir aus mit meinem schönsten Erlebnis herausgerückt war. Erwartungsvoll schaute er mich an.

Ich überlegte eine Weile und reiste gedanklich zurück in die Vergangenheit, ehe ich erzählte: »Das Jahr, bevor Liz und ich nach Glenhaven gezogen sind, war schrecklich. Bis Gladys und Pete uns nach dem Tod unserer Eltern adoptieren durften, vergingen schrecklich lange Monate. Im Juli war es dann so weit. Ich weiß noch heute, wie nervös Liz und ich waren. Es war eine Mischung aus Erleichterung, Trauer um unsere Eltern und Dankbarkeit, dass die schlimme Zeit im Heim vorbei war. Und um ehrlich zu sein, war Gladys die ersten Wochen und Monate ziemlich überfordert mit der Situation.« Ich lachte, in der Erinnerung schwelgend. »Wahrscheinlich fing sie deshalb schon im September mit den Weihnachtsvorbereitungen an. Weil sie sich darin sicher fühlte und wusste, wie sehr Kinder normalerweise das Fest liebten. Und ja, von da an änderten sich die Dinge. Sie buk und dekorierte, und zuerst sahen Liz und ich nur zu, bis wir anfingen, selbst Weihnachtslieder zu singen.« Sehnsucht legte sich schwer auf mein Herz. »Gladys hatte die Gabe, selbst die traurigsten Herzen mit ihrer unendlichen Liebe und Hingabe zu Weihnachten zu erhellen. Wir haben zusammen das Cottage und natürlich den Weihnachtsbaum geschmückt, und sie lud an unserem ersten Weihnachtsfest in Glenhaven die ganze Nachbarschaft zu uns ein. Jeder hat etwas mitgebracht, und so wurde das Fest rauschend, voller Lieder und Liebe. Es war das erste Mal seit dem Tod unserer Eltern, dass wir uns wieder wirklich lebendig fühlten.«

Liam hörte aufmerksam zu, während wir durch die stille Landschaft wanderten. »Das klingt nach einer sehr berührenden Zeit.«

»Ja, das war es«, stimmte ich ihm zu. »Tante Gladys lehrte uns, dass Weihnachten eine Zeit des Gebens, der Liebe und vor allem der Heilung ist. Sie zeigte uns, wie wichtig es ist, füreinander da zu sein und die Magie des Moments zu schätzen.«

Schließlich erreichten wir den Heather Loch und blieben stehen, um auf die kristallklare, eisige Wasseroberfläche zu blicken. Ich war noch nie nachts hier gewesen. In der Stille der Nacht spiegelte der Loch den funkelnden Sternenhimmel und den hellen Schein des Vollmondes wider, der seine Oberfläche sanft beleuchtete, was den Ort fast unwirklich und märchenhaft erscheinen ließ. Umgeben von den schroffen Hügeln mit ihren Tannenwäldern ringsherum, wirkte Heather Loch wie ein Ort, an dem die Zeit stillstand.

»Das ist wunderschön, Liam.«

Liam lächelte sanft. »Das ist es. Danke, dass du diese Erinnerung mit mir geteilt hast.«

Ich lächelte zurück und spürte erneut die besondere Verbindung zwischen uns. Viel mehr als nur Freundschaft und mehr als Familie, dennoch ganz anders, als sie vor fünf Jahren gewesen war. Ich hatte mit einem Mal keine Angst mehr, verletzt zu werden, auch wenn ich nicht wusste, was die Zukunft bringen würde. Hier in diesem Moment zusammen mit Liam waren wir beschützt. Vor was oder wem? Dem Weihnachtsgeist? Das wusste ich nicht, doch das war auch egal.

»Danke, dass du mich auf diese Reise mitgenommen hast. Ich weiß nicht, ob das der wahre Weihnachtsgeist ist, aber es fühlt sich so echt, so authentisch an.«

Liam drehte sich weiter zu mir und strich sanft durch mein Haar. »Ja, es fühlt sich echt an.« Seine warme, rauchige Stimme drang leise in mein Ohr, und er drückte mich fester an sich. Ich lehnte meinen Kopf gegen seine Brust, und er küsste mich zärtlich auf den Scheitel. Es war eine unglaublich intime Geste, die mich tief berührte und ein Gefühl der vollkommenen Erfüllung in mir weckte. Meine Hände suchten nach seinen, und wir verschmolzen miteinander, unsere Finger ineinander verschränkt.

Wir standen dort am Heather Loch, zwei Schneeflocken, die sich miteinander verbanden, und es fühlte sich an, als gäbe es nichts Natürlicheres auf dieser Welt.

Nachdem wir ins Cottage zurückgekehrt waren, heizte Liam die Glut im Kamin wieder an, bis die Flammen fröhlich flackerten. Ich stellte mich neben ihn, um mich aufzuwärmen – am Feuer natürlich. Ein tiefes Gefühl der Dankbarkeit durchströmte mich, und ich wusste nicht, wie ich es angemessen ausdrücken sollte.

»Das war ... ich weiß gar nicht, was ich sagen soll«, flüsterte ich. »So kannte ich Heather Loch noch gar nicht – und dich auch nicht.«

Ein Lächeln huschte über Liams Lippen. Sein Gesicht schien im weichen Licht der Flammen zu glühen. »Ach nein?«

Ich schüttelte den Kopf. »Wenn ich an den Liam von vor fünf Jahren denke, erinnere ich mich an einen Mann, der voller Träume war. Du hast den ganzen Tag damit verbracht, Lieder zu texten und auf deiner Gitarre zu spielen. Und ich ...« Ich stockte, als Liam meine Hand in seine nahm. Unsere Finger verschränkten sich erneut ganz automatisch, und die zärtliche Wärme seiner Berührung fuhr in Wellen durch meinen Körper. »Ich hätte so gerne gewusst, woran du gedacht hast. Ich wollte ein Teil deiner Träume sein, Liam. Und ...« Ich brach ab und senkte den Blick, als die Erinnerungen an vergangene Zeiten über mich hereinbrachen.

Doch Liam hob sanft mein Kinn mit seinen Fingern an, und unsere Blicke trafen und verwoben sich. »Träume ändern sich, Charlie«, flüsterte er. »Ich dachte, eine Karriere und die Band wären das Wichtigste in meinem Leben. Mein Hauptziel war es, Glenhaven ein für alle Mal zu verlassen. Ich war ein Idiot, und ich war blind.«

Verwundert fragte ich: »Blind? Warum?«

»Weil ich dich nicht gesehen habe«, raunte er sanft, während seine Lippen meine zu einem Kuss berührten, der all die unausgesprochenen Worte zwischen uns zum Ausdruck brachte.

Es war ein Kuss der Sehnsucht, der ein Leuchten in meiner Seele entfachte. Liams Finger strichen mit sanfter Sehnsucht über meinen Rücken. Immer wieder küssten wir uns, und die Welt um uns herum verschwand. In diesem Moment gehörten wir nur einander.

Er stoppte und blickte mir tief in die Augen. Das warme Licht des Feuers schimmerte in seinen Iriden, und ein kleines Lächeln schwebte um seinen Mund. »Lass uns einander ganz neu kennenlernen, Charlie. Lass uns das, was zwischen uns passiert, versuchen. Wir haben alle Zeit der Welt.«

Déjà-vu

Verdammt! Fünf Anrufe in Abwesenheit von Liz. Schnellen Schrittes stapfte ich durch den Schnee nach Hause, mein Herz raste vor Aufregung. Obwohl es erst sieben Uhr morgens war, drang Licht aus unserem Cottage. Ein seltsames Gefühl ergriff mich, als ich die Haustür öffnete. Eine vertraute Männerstimme erklang, die ich Hamish zuordnen konnte. Sie wirkte besorgt, nicht heiter wie gestern, als er sich auf dem Weihnachtsmarkt mit Liz unterhalten hatte. Ich lauschte gespannt, und mein Herz zog sich in der Brust zusammen, als ich Liz' leises Schluchzen hörte. Etwas Schlimmes musste passiert sein, und ich stürmte in das Kaminzimmer, aus dem die Stimmen drangen.

Liz stand auf, als ich den Raum betrat, eilte auf mich zu und umarmte mich. Sie war ein gebrochenes Bündel und zitterte in meinen Armen wie Espenlaub im Wind.

»Was ist passiert? Wo ist … Tante Gladys?«

Liz antwortete nicht, und an ihrer Stelle räusperte sich Hamish. »Sie schläft. Ich habe ihr ein beruhigendes Medikament gegeben.«

Die Bedeutung dessen, was Hamish sagte, drang nur langsam zu mir durch. »Beruhigendes Medikament? Aber was ist passiert? Als ich euch gestern Nachmittag verlassen habe, schien es ihr doch gut zu gehen.«

»Tante Gladys geht es schon lange nicht mehr gut, Charlie«, sagte Liz und schnäuzte sich.

»Sie hat die Lungenentzündung, die ich vor einigen Wochen diagnostiziert habe, nicht richtig auskuriert. Gestern Abend ging es ihr plötzlich schlechter. Sie wurde schwächer und ihre Atmung immer mühsamer. Außerdem bekam sie Fieber«, erklärte Hamish weiter.

»Sie konnte nicht einmal mehr antworten«, fügte Liz an. »Es war schrecklich.«

Ich nickte und sortierte die Informationen, die ich von den beiden erhalten hatte. »Sollten wir sie nicht ins Krankenhaus bringen?«

»Tante Gladys weigert sich vehement dagegen. Sie möchte auf keinen Fall ins Krankenhaus. Zum Glück war Hamish diese Nacht hier«, entgegnete Liz.

Ich fuhr mir durchs Haar und lief nervös im Raum auf und ab. Mir wurde heiß, auch weil ich immer noch meine Jacke trug, die ich nun achtlos über Gladys' Lesesessel warf. Ich begriff es immer noch nicht. Gestern war doch noch alles in Ordnung gewesen. Und ich? Ich hatte in den wichtigen Momenten, als Liz und Tante Gladys mich gebraucht hätten, mit Abwesenheit geglänzt.

Ich kämpfte mit den Tränen und nahm Liz in den Arm. »Es tut mir so leid, Liz. Ich hätte hier sein müssen, bei dir und Gladys.«

Liz antwortete nicht, sondern schluchzte gegen meine Brust. Ich strich ihr über das Haar, bis sie sich einigermaßen beruhigte. Dann wandte ich mich schniefend an Hamish. »Ist das nicht unverantwortlich, sie hier zu lassen? Wenn sie ins Krankenhaus muss, sollten wir sie sofort dort hinbringen.«

Hamish hob besänftigend die Hände. »Im Moment geht es ihr gut genug, um nicht ins Krankenhaus zu müssen. Aber sie muss den ganzen Tag über und die nächste Nacht sorgfältig überwacht werden. Ihr müsst ihre Temperatur im Auge behalten und sicherstellen, dass sie regelmäßig inhaliert und ihre Medikamente nimmt. Ich habe ihr Antibiotika verschrieben, und mit einigen Atemübungen könnt ihr mithelfen, ihre Lungenfunktion zu verbessern. Im Laufe des Vormittags kommt jemand vom Sanitätshaus vorbei, um transportablen Sauerstoff zu bringen.«

»Transportablen Sauerstoff?« Die ganze Situation überforderte mich mit einem Mal. »Könntest du nicht hierbleiben, Hamish?«

»Es tut mir leid, aber ich muss in die Klinik. Morgen Vormittag werde ich wiederkommen.«

Ich nickte, und Hamish erklärte uns noch die Atemübungen, bevor er sich auf den Weg in die Klinik machte. Liz war nach wie vor am Boden zerstört, also war es vorrangig meine Aufgabe, mich um sie zu kümmern.

Während Hamish sich von Liz verabschiedete, schlich ich nach oben, um nach Gladys zu sehen. Das Zimmer war mit den Vorhängen abgedunkelt, und ich hoffte, dass sie deshalb so grau aussah. Sie schlief fest, wobei ihr Atem trotzdem bei jedem Zug rasselte. Ich schluckte, schlich langsam wieder aus dem Zimmer hinaus und ging zurück nach unten.

»Vielleicht solltest du erst mal etwas schlafen, Liz«, schlug ich ihr vor. »Du warst bestimmt die ganze Nacht wach.«

Liz sah mich apathisch an. Die ganze Situation hatte sie stark mitgenommen. »Aber die Kinder! Ihr Wecker wird gleich klingeln, sie müssen zur Schule.«

»Mach dir keine Sorgen. Die Bande wird pünktlich aus dem Haus gehen und ihre Pausenbrote bekommen, versprochen.«

Mit zittrigen Händen strich sich Liz eine Haarsträhne aus dem Gesicht. »Bist du sicher, dass du ...?«

Ich nickte entschlossen. »Natürlich! Und ich sorge dafür, dass Tante Gladys ihre Medikamente nimmt. Jetzt geh schlafen.«

Seufzend erhob sie sich und machte sich auf den Weg in ihr Schlafzimmer.

Ich verbrachte den Vormittag damit, mich um Tante Gladys zu kümmern. Ich achtete darauf, dass sie ihre Medikamente regelmäßig einnahm, und half ihr bei den Atemübungen, die Hamish empfohlen hatte. Tante Gladys war zu erschöpft und zu schwach, um zu reden, aber in ihrem Blick glänzte Dankbarkeit für die Pflege, die sie erhielt.

Die Sorge um sie nagte an mir. Sie war die wichtigste Bezugsperson in meinem Leben, seit unsere Eltern gestorben waren, und die Vorstellung, sie zu verlieren, war unerträglich. Ich wollte mir gar nicht ausmalen, wenn Schlimmeres geschehen wäre, während ich nicht da gewesen war ...

Gegen Mittag setzte ich mich endlich in die Küche, um etwas zu essen. Die letzten Stunden hatten mich mitgenommen, und ich war erschöpft. Als ich mir in Gedanken versunken einen Löffel Suppe nach dem anderen in den Mund schob, summte mein Handy auf dem Tisch. Eine Nachricht von Liam.

Liam:
Hey Charlie, ich weiß, es ist kurzfristig, aber ich muss dich sehen. Kannst du heute Nachmittag zum Heather Loch kommen? Ich habe etwas Wichtiges mit dir zu besprechen.

Mein Herz schlug schneller. Beim Gedanken an die letzte Nacht, an Liam und seine Nähe huschte eine Gänsehaut über meinen Körper. Wir hatten bis spät in die Nacht geredet, gelacht und uns geküsst. Noch immer konnte ich seine Lippen auf meinen spüren, wenn ich die Augen schloss. Liam hatte etwas Wichtiges zu besprechen, und seine Nachricht klang dringlich. Ich sehnte mich danach, ihn wiederzusehen, aber ich konnte Tante Gladys nicht allein lassen, besonders jetzt nicht.

Ich:
Ich würde dich sehr gern sehen, aber ich kann im Moment nicht weg. Tante Gladys geht es leider wieder schlechter, und ich kümmere mich um sie. Kann es warten?

Seine Antwort kam schnell.

Liam:
Das tut mir leid zu hören. Natürlich kann es warten. Pass gut auf deine Tante auf, und wir treffen uns, wenn es bei dir wieder besser passt. Ich denke an dich.

Bei Liams Nachricht lächelte ich und fühlte mich gleichzeitig erleichtert und enttäuscht. Ich hatte ihn vermisst und wollte unbedingt wissen, was er mir zu erzählen hatte. Aber im Moment hatte Tante Gladys Vorrang, und ich würde keine Minute von ihrer Seite weichen.

Der Nachmittag verlief ähnlich wie der Vormittag, allerdings mit dem positiven Aspekt, dass es Tante Gladys schon etwas besser ging. Sie hatte längere Wachphasen und versuchte hin und wieder zu lächeln. Doch die Ernsthaftigkeit ihrer Situation war spürbar, da sie bereitwillig alles über sich ergehen ließ und keine Anstalten machte, das Bett zu verlassen.

Nachdem ich das Abendessen vorbereitet hatte und die Kinder von der Ganztagsschule nach Hause kamen, erwachte auch Liz. Sie sah sofort nach Gladys und kam dann erleichtert zu mir in die Küche. »Danke, dass du mir heute den Rücken freigehalten hast. Ich habe wirklich Schlaf gebraucht.«

Ich nickte. »Natürlich, ihr seid meine Familie. Übrigens siehst du schon viel besser aus.«

Liz griff nach dem Wildkräuter-Kümmel-Tee, der auf dem Stövchen stand, und goss sich eine Tasse ein. »Ich habe die Mutter einer Freundin der Zwillinge gebeten, sie heute Nacht zu sich zu nehmen. Sie holt die Kinder nach dem Abendessen ab.«

»Das ist eine gute Idee«, stimmte ich zu. »Liz, es tut mir so leid, dass du das alles allein durchstehen musstest.«

»Hamish war da. Er hat mir sehr geholfen.«

Ich nickte, fühlte mich aber natürlich dennoch nicht besser. Doch jetzt wollte ich alles tun, was nötig war. »Hamish sagte ja, wir sollen Tante Gladys heute Nacht noch gut beobachten. Wollen wir uns die Nacht aufteilen?«, schlug ich vor.

»Dann übernehme ich die erste Hälfte, ja? Schließlich hast du dich den ganzen Tag um alles gekümmert. Ich gehe dann auch mal zu ihr hoch.« Sie verließ die Küche, und ich rief ihr noch einmal nach. Am Türrahmen drehte sie sich zu mir um.

»Hamish und du, ihr passt hervorragend zusammen.«

Liz lächelte zart. »Ich nehme an, du warst diese Nacht bei Liam?«

Ich schluckte und nickte leicht.

»Sobald es Tante Gladys besser geht, möchte ich alles wissen.«

Das Glück in mir wollte überquellen, vor Dankbarkeit, dass Liz nicht wütend auf mich war. Ich ging zu ihr hinüber und nahm sie fest in meine Arme. Wie konnte ich nur die letzten Jahre ohne meine Schwester auskommen? »Danke«, flüsterte ich ihr ins Haar, dann löste sie sich aus meiner Umarmung und ging hinauf.

Erschöpft ließ ich mich auf einen der Küchenstühle nieder und nippte an meinem Tee. Was für ein Tag.

Während Liz sich um Tante Gladys kümmerte, hörte ich das leise Rumpeln eines Autos in der Einfahrt. Verwirrt schaute ich aus dem Fenster und sah Liam, der aus seinem Wagen stieg und in Richtung Cottage kam. Mein Herz schlug schneller, und ich fragte mich, was er hier wollte. Ich huschte hinunter zur Tür, die ich leise öffnete, in der Hoffnung, Liz und Gladys würden nicht merken, dass Liam hier war.

»Komm«, flüsterte ich. »Lass uns ins Kaminzimmer gehen.«

Liam sah mich mit einem aufgeregten, aber ernsten Gesichtsausdruck an. »Es tut mir leid, dass ich so unangemeldet auftauche, aber ich kann nicht länger warten, ich muss mit dir sprechen.«

Ich war überrascht – und ja, auch ein wenig verunsichert. »Liam, was ist los? Ist etwas passiert? Muss ich mir Sorgen machen?«

Er nickte und kam näher. »Ja, nein ... Ich meine, ja, es ist etwas passiert. Und nein, du musst dir keine Sorgen machen.«

»Jetzt spuck es schon aus. Sei mir nicht böse, aber nach den letzten Stunden bin ich ein wenig neben der Spur.«

Liam nickte verständnisvoll und atmete dann tief ein und aus. »Ich habe von meiner Plattenfirma ein großartiges Angebot bekommen. Ich werde auf Tour gehen, und das schon übermorgen. Die Tour dauert bis Ende Januar.« Er machte eine Pause, ehe er weitersprach. »Allerdings wird Natalie auch dabei sein.«

Die Nachricht traf mich wie ein Schlag. Liam würde in wenigen Tagen auf Tour gehen, und Natalie, seine Ex-Verlobte, würde ebenfalls dabei sein. Ich war überrumpelt von diesen Neuigkeiten und brachte kein Wort heraus. Diese ganze Situation kam mir vor wie ein Déjà-vu.

Liams Hände fühlten sich warm und vertraut an, als er meine ergriff und mir sanft über den Handrücken strich. Sein Gesicht kam näher, und in seinen Augen spiegelten sich die tiefen Gefühle, aber auch etwas wie Sorge oder Unsicherheit – ich konnte es nicht genau bestimmen.

Seine Stimme klang heiser, während er tief Luft holte und zu sprechen begann. »Aber das Wichtigste, das du wissen musst: Ich ... Charlie, ich würde dir gern erklären, wie all das passiert ist, was in mir vorgeht, aber es gibt einfach keine Worte dafür. Schon bei unserer ersten Begegnung vor Finnigans Laden traf es mich wie ein Schlag und hat mich komplett verwirrt. Ich wusste nicht, was all diese Gefühle bedeuten, aber ich wusste, dass ich dich wiedersehen muss, um es herauszufinden. Als ich dir meine Nummer gegeben hatte, konnte ich nachts kaum schlafen, weil ich ständig auf mein Handy schaute, in der Hoffnung, von dir zu hören. Und dann, am nächsten Morgen, waren es deine Worte, unsere gemeinsamen Erinnerungen, die mich lächeln ließen. Ich wusste, dass ich mehr Zeit mit dir verbringen wollte, um mir darüber klar zu werden, was es nun war. Freundschaft? Die Sehnsucht nach Vertrautheit? Oder doch viel mehr? Und dann wurde diese Verbindung zwischen uns immer stärker, stärker als Freundschaft, mehr als die Vertrautheit eines alten Bekannten.« Er schüttelte den Kopf und sah mich intensiv an. Ich schluckte. »Als ich gestern sagte, dass da mehr zwischen uns ist und wir gemeinsam herausfinden sollten, wohin uns unsere Reise führen kann, meinte ich das aus tiefstem Herzen. Ich möchte dich wirklich kennenlernen, Charlie.«

Seine Worte waren wie ein warmes Versprechen, und mein Herz stand einen Moment lang still. Liam hatte mir gerade gestanden, dass er Gefühle für mich hatte, und gleichzeitig hatte ich von seiner bevorstehenden Tour mit Natalie erfahren. Die Gefühle in mir wirbelten durcheinander. Seit gestern hatte ich kaum Zeit gehabt, den letzten Abend Revue passieren zu lassen. Zu reflektieren, was da eigentlich geschehen war und was es mit mir machte.

»Was sagst du dazu?«, wollte Liam wissen, wobei seine Stimme aufgewühlt und auch ein wenig ängstlich klang.

»Ich ... also ... ich freue mich für dich. Dann ist ... deine Karriere, sie scheint wieder Fahrt aufzunehmen.«

»Ist das alles, was du zu sagen hast?«

Ich löste meine Hände aus seinem Griff und ging auf und ab, ehe ich Liam wieder direkt ansah. »Was erwartest du, Liam? Ehrlich gesagt fühle ich mich gerade etwas überrumpelt von allem. Ich muss nachdenken.«

»Das verstehe ich. Aber uns bleibt keine Zeit, Charlie.«

»Sagtest du nicht gestern erst, wir hätten alle Zeit der Welt?«

Liam sah mich betroffen an, und innerlich war ich hin- und hergerissen. Auf der einen Seite wollte ich ihm sagen, dass wir das alles hinbekommen würden. Auf der anderen Seite ... Würden wir das? Jetzt, da wir keine echte Chance hatten, auszuloten, wohin uns das zwischen uns führen würde?

Zeit hin oder her, in diesem Moment spürte ich, dass ich etwas Abstand brauchte. »Wir haben noch morgen. Lass mir diese Nacht, um über alles nachzudenken, ja?«

Er stimmte spürbar widerwillig zu, und wir verabschiedeten uns vorerst voneinander. Als die Tür hinter ihm ins Schloss fiel, wusste ich, dass sich mein Leben gerade in eine völlig unerwartete Richtung bewegte, und ich musste herausfinden, was ich wirklich wollte.

Zu viele Variablen

Der nächste Tag brach an, und zum ersten Mal seit einer Weile schien die Sonne durch die Wolken. Tante Gladys hatte sich leicht erholt, und Hamish, der an diesem Tag keinen Dienst hatte, hatte versprochen, den gesamten Tag bei Liz und meiner Tante zu bleiben. Das gab mir unerwartet viel Freiraum, und ich entschied mich, diesen zu nutzen, um mit Liam zu sprechen.

Ich nahm mir vor, heute ehrlich zu sein, sowohl zu mir selbst als auch zu ihm. Noch immer beherrschte mich die Vorahnung, dass alles genau so laufen würde wie beim letzten Mal. Liam wäre weg und würde mich vergessen, so wie vor fünf Jahren. Und dann war da ja auch noch Natalie. Liam hatte erzählt, dass er die Verlobung gelöst habe. Wenn Natalie damit einverstanden gewesen wäre, hätte er diesen Abstand nicht gebraucht, oder doch? Und selbst wenn wir beide eine Zukunft hätten, gab es keine Garantie, dass die Tour wirklich nur bis Januar dauerte. Und dann? Wie lange konnten wir dann zusammen sein? Davon abgesehen, dass mein Leben sich in London abspielte, am anderen

Ende des Landes sozusagen. Das alles waren Vermutungen, Spekulationen und teilweise Punkte, die mir auch Liam nicht beantworten konnte. Dennoch sollten sie angesprochen werden – wie sollte ich mich sonst für irgendetwas entscheiden? Es waren zu viele Variablen.

Ich zog mir die Schneestiefel an und machte mich zu Fuß auf den Weg zu Liams Cottage. Ein nervöses Kribbeln begleitete mich, bis ich schließlich vor seiner Tür stand und anklopfte. Er öffnete sofort, als hätte er auf mich gewartet, und sein Lächeln ließ mein Herz schneller schlagen.

»Liam, wir müssen reden«, sagte ich, und er nickte ernst.

Wir betraten sein gemütliches Wohnzimmer und setzten uns auf das Sofa. Die Stille lastete schwer zwischen uns, anders als in der Nacht vor zwei Tagen, als noch so viel Hoffnung in der Luft gelegen hatte. Ich verdrängte die Erinnerung, denn ich wollte mit möglichst viel Klarheit in dieses Gespräch gehen.

»Ich möchte ehrlich zu dir sein, Liam. Ich hatte nicht viel Zeit, über alles nachzudenken, was du mir gestern erzählt hast. Und ich bin mir nicht sicher, was ich von all dem halten soll. Es erinnert mich sehr an die Situation vor fünf Jahren. Die Musik ist dein Leben, damals wie heute, und ich frage mich, ob das zwischen dir und mir das in Gefahr bringen könnte. Ich möchte nicht, dass du deinen Traum opferst, dass du eines Tages bereust, etwas uns beiden zuliebe aufgegeben zu haben. Ich möchte aber auch nicht wieder wie die letzte Idiotin dastehen, wenn du während der Tour merkst, dass ich neben der Musik keinen Platz in deinem Leben habe. Verstehst du?«

Liam hörte aufmerksam zu und räusperte sich dann. »Das stimmt, so war es damals. Aber schon bevor wir uns hier in Glenhaven wiedergefunden haben, hatte ich angefangen, darüber nachzudenken. Ich glaube, ich habe das damals alles zu exzessiv angegangen. Das möchte ich dieses Mal ändern. Und ja, du hast recht, die Musik ist mir nach wie vor wichtig. Sehr sogar. Aber das hier zwischen uns, das fühlt sich richtig an. Es fühlt sich echt an! Und selbst nach dieser kurzen Zeit wirkt es wie etwas, das ich festhalten möchte.«

Seine Worte füllten mich mit warmer Luft, und ich glaubte, davonzuschweben. Ich konnte sehen, wie ernst es Liam war – und dennoch war er es, der davon lebte, zu träumen. Nur was, wenn die Realität einschlug? Außerdem ...

»Und was ist mit Natalie?«

Liam seufzte und sah mich direkt an. »Du kennst sie ja. Sie ist stur, und ich kann auch ein Stück weit verstehen, dass sie es nicht begreift. Ich habe mir und ihr mit unserer Beziehung etwas vorgemacht, habe das Bild bestätigt, das vor allem unsere Fans von uns gemalt hatten. Das war falsch, und ich schulde ihr ein Gespräch. Unsere Trennung ist zwar schon einige Monate her, aber wenn eine Zusammenarbeit funktionieren soll, kann das nur gehen, wenn ich mit ihr spreche und klare Grenzen ziehe. Und ich werde ihr von dir erzählen, Charlie. Ich möchte keine Geheimnisse. Was ich gerade zu dir gesagt habe, meine ich ernst.«

Erneut war es still und die Spannung zwischen uns so präsent, dass ich das Knistern buchstäblich hören konnte. In meinen Gedanken legte ich die Optionen auf die Waage und hoffte, ein Gleichgewicht zu finden. Wollte ich es wagen, war ich bereit für alles, was es mit sich brachte, selbst wenn das im schlimmsten Fall bedeuten würde, erneut von dem Mann verletzt zu werden, den ich am meisten liebte? Ja, es stimmte, es fühlte sich richtig an, und mittlerweile war ich nicht mehr die Frau, die ich vor fünf Jahren gewesen war. Gab es nicht immer im Leben ein Risiko? Aber wollte ich das eingehen? Musste ich mich denn überhaupt entscheiden? Himmel, jetzt hätte ich wirklich gern gewusst, was das Horoskop mir für mein Liebesleben im nächsten Jahr voraussagte!

»Es fühlt sich richtig an«, sprach ich dann laut aus, und auf einmal kehrten die Wärme und die Leichtigkeit wieder zurück. »Und ja, ich möchte dich, mehr als freundschaftlich. Das wollte ich schon immer. Das zwischen uns hat sich verändert, das empfinde ich zumindest so. Ich glaube, egal was passiert, wir haben genug Respekt voreinander, um uns nicht zu verletzen.« *Oh Gott, lass mich richtig liegen*, betete ich lautlos. Ich schluckte, bevor ich fortfuhr: »Aber ich warne dich, Liam Cameron, vermassele es diesmal nicht.«

Er lachte und kam näher, um mich zu umarmen. »Das werde ich nicht, Charlie!«

Unsere Lippen trafen sich zu einem leidenschaftlichen Kuss, und all meine Zweifel und Ängste erhoben sich in die Luft und flogen davon.

Liam hob mich hoch und trug mich ins Schlafzimmer. Hatte eben noch der Winterwind um die Ecken des Cottages geheult, begleitet von einer Symphonie aus raschelnden Bäumen und fallenden Blättern, verstummte er, als Liams Lippen meine berührten. Nur unser Herzschlag war noch zu hören. Seine Lippen drückten sich sanft gegen meinen Hals, kribbelnd wie Eiskristalle auf nackter Haut und doch glühend wie ein Feuer. Ich schloss meine Augen und ließ mich fallen, verlor mich in seinem Kuss, vergaß alle Zweifel. Seine Berührungen brannten, wurden immer intensiver, während er mich auszog. Seine Küsse schmeckten süßer als heiße Schokolade an einem frostigen Tag.

Dann legten wir uns aufs Bett, und er erforschte zart und fordernd zugleich meinen Körper, strich mit den Händen über meine Schultern, meine Arme, meinen Bauch und glitt langsam tiefer. Die Hitze seiner Finger malte warme Wellen auf meine Haut. Sein Atem kitzelte an meinem Ohr, während er einen Pfad aus Küssen über mein Gesicht bis hinunter zu meinem Dekolleté schickte. Mit beiden Händen umfasste er sanft, aber bestimmt meine Taille, gleichzeitig bahnten sich seine Lippen einen Weg bis zum Ansatz meiner Brüste. Dann streichelte er meinen Körper weiter hinab zu meinem Bauch und den Oberschenkeln. Ich vergrub meine Finger in seinem Haar und reckte mich ihm entgegen.

»Ist das okay?«, raunte er. Als ob ich noch fähig gewesen wäre, zu antworten!

»Ja«, konnte ich gerade so wispern, während er mit seinen Fingern die Innenseite meiner Oberschenkel liebkoste.

Mein Körper brannte unter seinen Berührungen, die wie ein Feuer heiße Wogen in jede Faser meines Seins schickten. Bei jeder seiner Liebkosungen raste mein Puls schneller, und meine Leidenschaft wuchs mit jedem Atemzug. Unsere Körper verschmolzen zu einer unauflöslichen Einheit, in der wir nur uns beide spürten und jeder Atemzug uns näher zueinanderbrachte, während die Welt den Atem anhielt.

In diesem Moment wusste ich, dass es nur Liam gab und keinen anderen. Ich schlang meine Arme um seinen Nacken und klammerte mich an ihn, doch er löste sich von mir, um mir tief in die Augen zu sehen. Seine Blicke verloren sich in meinen, und wir erforschten jeweils die Seele des anderen, während sich unsere Bewegungen im selben Takt vereinten. Ich schloss die Augen, verlor alle Gedanken an das Hier und Jetzt. Gemeinsam schwebten wir über alle Vernunft hinaus bis hin zum Gipfel süßer Ekstase.

Es war mittlerweile dunkel, und Liam strich zärtlich über meine noch mit Schweiß bedeckte Haut. »Du bist so schön, Charlie. Wie konnte ich das damals nicht sehen?«

Ich konnte mir ein Grinsen nicht verkneifen und zwinkerte. »Vielleicht liegt es daran, dass du unter einer temporären Schönheitsblindheit gelitten hast? Aber ich verzeihe dir, du hast dich ja wieder davon erholt.«

Wir lachten, und schließlich atmete ich zufrieden tief durch, streckte mich ein wenig und fuhr mit meinen

Fingern durch sein Haar. Er beugte sich zu mir herunter und küsste mich voller Begierde.

»Schon wieder?«, fragte ich schmunzelnd.

»Der Abend ist noch jung, und die Nacht gehört uns ebenso. Ich bekomme einfach nicht genug von dir.« Er strich mir liebevoll über die Wange. »Aber gut, wenn es sein muss, bekommst du eine Pause. Hast du Durst?«

»Ja, ein Glas Wasser wäre perfekt.«

Liam zog sich eine Jogginghose über, schnappte sich einen Hoodie und verließ das Zimmer, während ich mir seinen muskulösen Rücken ansah und versonnen lächelte. Das alles fühlte sich so surreal an, dachte ich noch, als es an der Tür klingelte. Verwundert setzte ich mich auf, zog mir die Decke bis unter das Kinn und horchte auf. War das womöglich Liz? War etwas mit Tante Gladys, hatte ich das Telefon nicht gehört? Schon wollte ich nach meinem Handy greifen, als Liam die Tür öffnete.

»Verdammt, was soll das?«, rief er, bevor eine weibliche Stimme erklang, deren Worte ich allerdings nicht verstand. Mein Herz schlug schneller. War da noch jemand? Zumindest hörte ich weitere Stimmen. Liam schien wütend zu sein und schlug die Tür zu.

Leise schlüpfte ich aus dem Bett, suchte meine Kleidung zusammen und zog mich an. Ich konnte die weibliche Stimme nun einordnen. Es war Natalie. Mit klopfendem Herzen verließ ich das Schlafzimmer und trat ins Wohnzimmer.

Natalie besaß eine beeindruckende Präsenz mit ihren dunklen, lockigen Haaren und ihrer fast elfenhaften Figur. Als sie sich umdrehte und mich sah, legte sie ein unechtes Lächeln auf ihre Lippen. »Charlie, das ist ja eine schöne Überraschung.«

Ich hob verlegen die Hand und ging zu Liam hinüber, der mich an sich zog.

Natalies Blick wanderte verblüfft zwischen uns hin und her, dann schnaubte sie – unangenehm abfällig, wie ich fand: »Die? Ist das dein Ernst, Liam?«

»Natalie«, zischte Liam, und sie zog eine Braue spitz nach oben. »Was zur Hölle tust du hier? Was soll das?«

Natalie setzte sich auf die Couch und schlug ihre langen Beine, die in mörderisch hohen Absätzen steckten, übereinander. »Ich wollte mit dir feiern, wegen unserer Tour. Und sicherstellen, dass du es dir nicht noch anders überlegst. Mag sein, dass du auf Abwegen bist …« Sie hielt kurz inne und warf mir einen abschätzigen Blick zu. Ich beschloss, sie nun noch weniger zu mögen. »Na ja, wie auch immer. Ich möchte nicht, dass du uns wegen deiner Findungsphase im Weg stehst. Es geht nicht nur um dich, Liam. Ich und auch der Rest der Band haben diese Chance verdient.«

»Und mir das zu sagen, wäre am Telefon nicht möglich gewesen?«

Sie lächelte, zuckte mit den Schultern und wippte mit ihrem Bein auf und ab. Währenddessen klingelte es erneut an der Tür.

»Und aus welchem Grund hast du gleich die Paparazzi mitgebracht?«, fauchte Liam.

»Du kennst sie, die sind hartnäckig wie die Pest. Die beruhigen sich schon wieder. Erzähl ihnen irgendetwas, und dann verschwinden die schon wieder.«

Liam verdrehte die Augen, stand dann auf und schüttelte den Kopf. »Ich bin gleich wieder da, und dann sprechen wir offen miteinander, Natalie.«

Wir sahen Liam dabei zu, wie er sich einen Pullover über den nackten Oberkörper zog, sich eine Jacke schnappte und die Tür öffnete. Sofort brach ein Blitzlichtgewitter los.

Kaum hatte sich die Tür wieder geschlossen, schnalzte Natalie mit der Zunge und sah mich mit einem kalten Lächeln an. »Du weißt, wir sind verlobt.«

»Ihr *wart* verlobt«, konterte ich ruhig.

»Du denkst, du kennst ihn, nur weil ihr als Kinder diese Sache am Laufen hattet.«

»Freundschaft, genau«, korrigierte ich sie.

»Wie auch immer«, sagte sie schnippisch. »Ich war diejenige, die die letzten Jahre mit ihm verbracht hat, und ich kann dir versprechen: Sobald sich der Erfolg wieder einstellt, wird er dich vergessen. Musik ist seine einzige Leidenschaft, verstehst du? Danach kommt lange nichts, und dann, dann werde ich da sein, Charlie, und nicht du. An deiner Stelle würde ich diese Sache, die hier während seiner kleinen Krise mit dir passiert ist, schnellstens abhaken. Das wird dir eine Menge Tränen ersparen.«

In meinem Mund sammelten sich Worte für Natalie, die nicht einmal ansatzweise ausdrücken konnten, wie viel Abscheu ich für sie empfand. Doch zum ersten Mal ließ ich die Worte unausgesprochen. Stattdessen schenkte ich ihr ein ebenso kaltes Lächeln, wie sie es mir vorhin entgegengeworfen hatte.

Ihre Mundwinkel sackten daraufhin leicht nach unten, und sie taxierte mich mit einem Blick, der beinahe wahnwitzig wirkte. »Wie du wünschst, Charlie.«

In dem Moment, als Liam wieder hereinkam, vibrierte mein Telefon. Ich zog es aus meiner Tasche und las die Nachricht von Liz:

Liz:
Tante Gladys ist im Krankenhaus.

Krankenhausblues

Die nächsten beiden Tage verstrichen wie in einem düsteren Film. Liz und ich verbrachten unzählige Stunden im Krankenhaus in Edinburgh, und das Gefühl der Nutzlosigkeit nagte unaufhörlich an mir. Tante Gladys lag im Bett, schwach und hilflos, während Liz pausenlos mit den Tränen kämpfte. Zum Glück kam Hamish immer wieder vorbei, um nach uns zu sehen. Es schien, als wäre er der Einzige, der ihr ein wenig Trost verschaffen konnte. In diesen Momenten wünschte ich, Liam wäre hier, gerade weil unser Abschied voneinander grauenhaft gewesen war. Ich verdrängte den Gedanken, schließlich brauchte Tante Gladys meine volle Aufmerksamkeit.

Am Nachmittag, kurz bevor Liz wegen der Kinder nach Hause fahren wollte, fand die behandelnde Ärztin Dr. Maxwell endlich Zeit, uns über Tante Gladys' Gesundheitszustand zu informieren. Wir nahmen in ihrem Arztzimmer Platz, und sie öffnete die Patientenakte mit einem freundlichen Lächeln, das meine Sorgen jedoch nicht minderte.

»Dr. Maxwell, bitte seien Sie ehrlich zu uns. Wie steht es um unsere Tante?«

Dr. Maxwell seufzte und nahm sich einen Moment Zeit, um erneut in Tante Gladys' Patientenakte zu sehen, bevor sie antwortete. »Die Situation ist nach wie vor kritisch, doch es gibt zumindest eine minimale Verbesserung. Wir konnten ihre Sauerstoffzufuhr leicht reduzieren, aber sie benötigt immer noch viel Sauerstoff, um stabil zu bleiben. Ihre Lunge ist weiterhin stark entzündet, und die Inhalationen sind unerlässlich, um ihre Atemwege frei zu halten.«

Liz und ich hörten aufmerksam zu, und die Anspannung in der Luft war förmlich spürbar. Ich sah in Liz' Augen, wie sehr sie um Tante Gladys besorgt war, und teilte ihre Sorge.

»Aber sie wird doch wieder gesund?«, fragte Liz mit banger Miene, und wir hielten beide den Atem an, während wir auf eine Antwort von Dr. Maxwell warteten.

»Sie müssen der Genesung Zeit lassen. Offensichtlich hat sie ihre letzte Pneumonie nicht vollständig auskuriert. Das darf nicht noch einmal passieren. Die Lunge Ihrer Tante ist aufgrund ihrer COPD vorbelastet.«

Ich schluckte schwer, denn ich wusste, was diese Diagnose bedeutete. »Aber bis Weihnachten wird sie doch wieder zu Hause sein, oder?«

Dr. Maxwell bedachte mich mit einem Stirnrunzeln. Sie konnte ja nicht ahnen, wie wichtig es für Tante Gladys war, Weihnachten im Kreise ihrer Lieben zu verbringen und keinesfalls im Krankenhaus. Wenn sie die Pneumonie überlebte – und ich glaubte fest daran –, würde diese Vorstellung sie umbringen.

»Es ist nur noch eine Woche bis Weihnachten. Im Moment können wir leider nicht davon ausgehen, dass Ihre Tante bis zum Fest stabil genug sein wird, um es zu Hause zu verbringen. Wie gesagt, sie benötigt weiterhin intensive medizinische Betreuung und wird wahrscheinlich noch eine Weile im Krankenhaus bleiben müssen.«

Liz und ich tauschten entsetzte Blicke. Wir wussten beide, was das bedeutete. »Wir werden alles tun, um ihr beizustehen und ihr zu helfen, wieder gesund zu werden«, versicherte ich mit fester Stimme.

Dr. Maxwell nickte verständnisvoll. »Das ist gut zu hören. Mit Ihrer Unterstützung und der richtigen Pflege haben wir die besten Chancen, dass sich Ihre Tante Gladys erholt.«

Nachdem sich Liz von mir verabschiedet und zusammen mit Hamish das Krankenhaus verlassen hatte, atmete ich tief durch. Dann betrat ich Tante Gladys' Krankenzimmer. Gerade war eine Krankenschwester dabei, ihr bei der Inhalation zu helfen. Tante Gladys atmete auf Anweisung tief ein, während das Gerät einen leisen, brummenden Ton von sich gab.

»Jetzt die Luft anhalten, Mrs McLeod«, sagte die Krankenschwester sanft. Gladys befolgte die Anweisungen, doch es war offensichtlich, wie sehr sie unter der Anstrengung litt. Sie sah müde und erschöpft aus, und das brach mir das Herz.

Die Schwester verabschiedete sich und bat mich darum, spätestens in einer halben Stunde das Krankenhaus zu verlassen, da die Besuchszeit endete. Ich nickte ihr zu und wartete, bis sie den Raum verlassen hatte. Dann setzte ich mich vorsichtig auf die Bettkante.

»Du hattest heute einen anstrengenden Tag, Tante Gladys«, bemerkte ich leise und legte meine Hand auf ihre, die auf der Bettdecke ruhte.

Gladys lächelte schwach und nickte. »Ja, es war ein langer, quälender Tag. Aber es geht mir schon besser, Charlotte. Du wirst sehen, das wird ...« Sie stoppte, schloss die Augen und atmete bewusst ein und aus. Es war offensichtlich, wie schwer es ihr fiel. Tante Gladys in diesem Zustand zu sehen, schnürte mir selbst den Hals zu, und ich schluckte hart.

»Geht es dir besser?«, erkundigte ich mich, als sie die Augen wieder öffnete und mich müde anblickte.

Sie nickte. »Bis Weihnachten bin ich wieder die Alte. Dann feiern wir zusammen, jetzt, da du endlich über die Feiertage hier bist.« Sie lächelte beseelt, und ich wagte es nicht, ihr zu widersprechen.

»Du siehst besser aus, Tante Gladys. Die Ärzte werden dich sicher bald nach Hause entlassen.«

Gladys' Lächeln wurde breiter. »Du glaubst also auch, dass ich rechtzeitig zu Weihnachten zu Hause sein werde, nicht wahr?«

In Gedanken hörte ich noch die Worte der Ärztin, die eine andere Meinung geäußert hatte. Doch sollte ich ihr das jetzt sagen? Ihr den Hoffnungsschimmer nehmen? Schließlich kannte ich meine Tante. Wenn sie sich etwas in den Kopf gesetzt hatte, gab es kaum etwas, das sie nicht bewerkstelligen konnte. Also nickte ich zustimmend. »Natürlich, Tante Gladys.«

Einen Moment lang hatte ich den Eindruck, dass Gladys' müde Augen vor Freude glänzten. »Dann lass mich jetzt schlafen, Charlie, damit ich schnell wieder auf die Beine komme.«

Als ich auf dem Parkplatz der Klinik in Mikes Leihwagen saß, atmete ich tief ein und aus. Noch vor wenigen Tagen hatte ich geglaubt, Tante Gladys würde sich so gut erholen, dass ich vor Weihnachten wieder zurück in London sein könnte. Doch jetzt sah die Realität anders aus.

Ich konnte nicht umhin, ein schlechtes Gewissen zu haben. Zum einen, weil ich erst nach der Sache mit Liam in Betracht gezogen hatte, über Weihnachten in Glenhaven zu bleiben. Sicher, jetzt da Tante Gladys so krank geworden war, konnte ich auf gar keinen Fall zurück nach London reisen. Aber wäre es so gewesen, wenn es ihr gesundheitlich gut gegangen wäre? Wäre ich geblieben, obwohl Liam nicht hier war? Meine Zweifel diesbezüglich quälten mich. Und jetzt fehlte mir der Mut, Tante Gladys die Wahrheit zu sagen, nämlich dass sie Weihnachten nicht zu Hause verbringen würde. Irgendwie musste ich das alles wiedergutmachen. Das schuldete ich meiner Familie.

Ein Gefühl der Leere und Einsamkeit überkam mich. Ich kramte mein Telefon aus meiner Handtasche, und trotz allem klopfte mein Herz vor Aufregung, als ich sah, dass Liam mir geschrieben hatte. Bevor er zu seiner Tour aufgebrochen war, die in London startete, hatte er mir versprochen, so bald wie möglich ein oder zwei Tage für uns zu finden. Es gab noch viel zwischen uns zu klären, und die Tatsache, dass er mit Natalie unterwegs war, bereitete mir Sorgen. Ich meine, welches Anrecht hatte ich schon auf ihn? Ich wollte ihm glauben, dass es für ihn mehr war als nur die letzten Tage und Nächte, die wir miteinander verbracht hatten, aber es fiel mir verdammt schwer. Dennoch konnte ich mir ein Lächeln nicht verkneifen, als ich seine Nachricht las.

Liam:
Hey Charlie, wie geht es Gladys? Du weißt, sie ist stark. So stark, wie du es bist. Vertraue darauf, dass alles gut werden wird. Ich vermisse dich und wünschte, ich könnte bei dir sein. Entschuldige, wenn ich nicht immer gleich antworten kann, wir haben unheimlich viel zu tun, bevor die Tour so richtig losgeht. Ich denke an dich.

In unserem Chatverlauf war noch zu sehen, dass ich ihm in den letzten beiden Tagen einige Nachrichten geschrieben hatte, die unbeantwortet geblieben waren. Ich beschloss, ihn gleich anzurufen, erreichte ihn jedoch nicht.

Eine Weile scrollte ich durch die sozialen Medien, und auf dem Profil der Band sah ich auf den letzten Bildern, wie die Mitglieder für die Tour probten. Natalie führte den Account und postete natürlich Fotos von sich, wie sie Liam beim Singen begleitete und ihn dabei verführerisch anschmachtete. Schon allein der Anblick ließ Übelkeit in mir aufsteigen, auch wenn ich wusste, dass von Liams Seite nichts dahintersteckte und die Fans das auch irgendwie erwarteten. Dennoch, Natalie hatte mir den Kampf angesagt und würde alles daransetzen, ihr Versprechen wahr zu machen: bei ihm zu sein, wenn ich es nicht sein konnte.

Seufzend startete ich den Motor, um loszufahren, als mein Handy klingelte. Es war Liam, und ich nahm das Gespräch über die Freisprechanlage des Autos an.

»Liam, es tut gut, von dir zu hören.«

Doch anstelle von Liam hörte ich Natalies Stimme, die mir ins Ohr zischte: »Liam hat keine Zeit. Du musst doch verstehen, dass er sich nicht um dich kümmern kann. Wenn du ihn wirklich so sehr magst, wie du sagst, dann steh seiner Karriere nicht im Weg, indem du ihn ablenkst. Stör einfach nicht mehr mit deinen ständigen Anrufen, Charlotte.«

Ich hatte keine Gelegenheit, zu antworten, denn Natalie hatte bereits aufgelegt.

Horoskope, Horoskope

Am nächsten Morgen, nachdem wir die Kinder für die Schule fertig gemacht hatten, saßen wir bei einer Tasse Tee am Küchentisch.

»Das wird schrecklich für die Kinder sein und auch für mich, Weihnachten ohne Gladys zu feiern. Charlie, wirst du … ich meine …« Liz stockte. »Wirst du hier sein an Weihnachten?«

Ich griff nach ihrer Hand, die eiskalt in meiner lag. »Klar bleibe ich.«

Liz presste ein gequältes Lächeln auf ihre Lippen, und ich stand auf und ging nervös in der Küche auf und ab. »Wir können nur auf ein Wunder hoffen. Schließlich kennt Dr. Maxwell Tante Gladys nicht.«

Liz nickte zustimmend. »Wenn jemand es schaffen kann, dann sie.« Wir schwiegen für einen Moment, bis Liz sich räusperte. »Danke, dass du mir bei all dem hilfst. Ich wüsste nicht, wie ich das ohne dich schaffen würde.«

Ich setzte mich zurück an den Tisch und griff nach ihren Händen. »Wir sind Schwestern, Liz. Tante Gladys und Onkel Pete haben uns beigebracht, immer füreinander einzustehen, und das werden wir tun. Wir sind Familie und …« Erst jetzt in diesem Moment realisierte ich, wie wenig ich in den letzten Jahren von meiner Familie gehabt hatte – und sie von mir. Und vor allem, wie sehr ich sie vermisst hatte.

»Kannst du mir verzeihen, Liz?«

»Verzeihen?«

»Ja, all die Jahre, in denen ich mich rar gemacht habe und dir keine gute Schwester und den Kindern keine gute Tante war. Ich habe bisher gerade mal vier von ihren acht Geburtstagen mit ihnen verbracht. Und …« Meine Stimme brach, und es fiel mir schwer, die Worte über die Lippen zu bringen. Ich schnäuzte mich und wischte mir die Tränen von den Wangen, bevor ich weitersprach. »Und obwohl Tante Gladys sich jedes Jahr gewünscht hat, dass ich zu Weihnachten komme, habe ich es nie getan. Ich habe einfach alles falsch gemacht und immer nur an mich gedacht. Es tut mir so leid!«

Liz erhob sich und kam um den Tisch zu mir hinüber. »Komm her.« Sie winkte mich zu sich und schluchzte. Ich stand auf und fiel ihr in die Arme. »Natürlich verzeihe ich dir, wir alle tun das. Wir als Familie sind nicht nur füreinander da, wir verzeihen einander, und unsere Türen sind immer offen für den anderen. Das ist es doch, was Familie ausmacht, oder nicht?«

Es war mir unmöglich, etwas zu sagen, stattdessen schluchzte ich gegen Liz' Schulter. So blieben wir einige Zeit stehen, strichen uns gegenseitig über das Haar und hielten uns fest, während wir all die Tränen vergossen, die in diesem Moment einfach hinausmussten.

Irgendwann lösten wir unsere Umarmung, setzten uns an den Tisch und hielten einander an den Händen. »Ich wüsste einfach nicht, was ich ohne euch tun sollte«, sagte ich. »Gladys muss das durchstehen.«

»Sie wird!«, antwortete Liz, und ihre Stimme ließ keinen Zweifel zu.

»Aber du weißt genauso gut wie ich, dass sie am besten zu Hause gesund werden würde.«

Liz goss sich frischen, dampfenden Tee in die Tasse. »Wie soll das funktionieren? Der Sauerstoff, den sie über den Schlauch bekommt, ist mit so einer merkwürdigen Konstruktion in der Wand verbunden, und die Inhaliergeräte sind auch ganz anders als ihre, die sie für unterwegs hat. Ich meine, selbst wenn wir sie hier hätten, könnten wir ihr nicht das geben, was sie im Moment so dringend braucht.«

Den Vormittag hatte Liz bei Tante Gladys verbracht, damit sie ab dem Nachmittag für die Kinder da sein konnte. Ich hatte am Nachmittag an Gladys' Bett gesessen, aber sie schlief beinahe die ganze Zeit während meines Besuches, und einen Arzt konnte ich an diesem Freitagabend auch nicht mehr erwischen. Als ich das Krankenhaus am Ende der Besuchszeit verließ, hatte mir zumindest eine Schwester noch erklärt, dass ihr Zustand unverändert sei.

Jetzt war es fast Mitternacht, ich war todmüde und konnte dennoch nicht schlafen. Ich drehte mich mal wieder von links nach rechts und schaute auf mein Telefon, ebenfalls bereits zum x-ten Mal heute. Doch nach wie vor keine Nachricht von Liam. Natürlich hatte ich mich nach Natalies Warnung wieder bei ihm gemeldet, aber entgegen meiner Hoffnung kam keine Antwort. Ich verstand, dass seine Aufmerksamkeit im Moment auf den Vorbereitungen lag, und hielt mich zurück. Dennoch nagten leise Zweifel in mir. War es ihm wirklich nicht möglich, sich wenigstens ab und an zu melden? Hatte er nicht einmal fünf Minuten seiner Zeit für mich übrig? Doch ich verdrängte die Stimme in mir. Verdammt, ich vermisste ihn mit jeder Faser meines Körpers.

Trotz der Umstände war ich froh, beschäftigt zu sein, auch wenn ich viel lieber eine andere Aufgabe gehabt hätte, als Tante Gladys im Krankenhaus zu besuchen. Ich würde zusammen mit meiner Familie das Fest vorbereiten, am Tag nach dem Weihnachtsmorgen zurück nach London fahren und mich dann in meine Arbeit stürzen. Arbeit? Welche Arbeit, fragte ich mich. Horoskope schreiben? Ich war nicht einmal über den Widder hinausgekommen. Wie sollte ich auch?

Im Moment war mein Leben aus den Fugen geraten. Tante Gladys lag im Krankenhaus, Liam war in mein Leben gestolpert und genauso schnell wieder verschwunden, und ich stand quasi kurz vor der Arbeitslosigkeit. Auf der anderen Seite konnte ich mich nicht daran erinnern, wann ich trotz aller Widrigkeiten das letzte Mal so glücklich gewesen war. Hier bei meiner Familie zu sein, die Verbundenheit zu spüren, die immer da gewesen, aber deren Band rissig geworden war – sie fühlte sich nun fester an denn je. Und Liam? Natürlich war es zu früh, darüber zu spekulieren, was werden würde, doch ich hatte mich verändert, und ich glaubte ihm, dass er mich nicht verletzen wollte. Sollte es dennoch geschehen, würde ich auch das überwinden.

Ein paar Tage hier zu Hause hatten meine inneren Werte zurechtgerückt. Und die Arbeit? Sie war mir all die letzten Jahre so wichtig gewesen, und ja, sie bereitete mir Freude, aber sie war längst nicht mehr so essenziell wichtig. *So what*, dachte ich. Wenn ich etwas vermisste, dann war es das Schreiben an sich und nicht die Redaktion.

Ich drehte mich auf den Rücken und starrte durch die Dunkelheit an die Decke. Im Moment war ich machtlos. Ich konnte Gladys nicht gesund zaubern, ich konnte Liam nicht einfach zurückholen.

Dann setzte ich mich auf. Etwas konnte ich doch tun!

Mein Herz klopfte schneller, als ich mir meinen flauschigen Bademantel anzog und mich an den Schreibtisch setzte. Ich öffnete den Laptop, und plötzlich füllte sich das digitale Papier vor meinen Augen. Zwölf Horoskope flossen durch meine Finger in die Tasten und breiteten sich aus, schwarz auf weiß. Natürlich würde Paul nicht das bekommen, was er erwartet hatte. Die Worte schwebten auf dem Bildschirm, sprühten vor Humor und einer guten Portion Sarkasmus, während sie sich vom Stier bis zur Jungfrau und weiter zum Skorpion schlängelten. Schließlich erreichte ich den

Steinbock, und meine Wangen schmerzten bereits vor lauter Grinsen.

Mit einem zufriedenen Lächeln überflog ich noch einmal meinen Text und öffnete dann mein E-Mail-Postfach. Jeder Buchstabe war eine Befreiung, eine pure Genugtuung, als ich die Betreffzeile tippte:

KÜNDIGUNG

Dann folgten ein kurzer, sachlicher Text und im Anhang die Horoskope. Horoskope, die mein lieber Chef in dieser Art sicher noch nicht gelesen hatte.

Ich blieb noch eine Weile sitzen, bevor ich zufrieden den Laptop zuklappte und die Müdigkeit mich übermannte.

Weihnachtliche Vereinbarung

Als ich am nächsten Morgen aufwachte, breitete sich bereits der köstliche Duft von Eiern, gebratener *Black Pudding* – meiner Lieblingswurst – und gebackenen Bohnen im Haus aus. Mir lief das Wasser im Mund zusammen. In London begnügte ich mich zum Frühstück eher mit einem Stück Weißbrot mit Schokocreme. Meine Lebensgeister waren geweckt.

Einen Moment verharrte ich vor der Küchentür und lauschte den Klängen des Radios. Das Lied war schon fast zu Ende, und doch überzog bei den letzten Worten eine Gänsehaut meinen Körper: *»Süßer die Küsse nie schmecken …«* Es war immer noch seltsam, diese Zeilen, die ich damals für Liam geschrieben hatte, im Radio zu hören. Fünf Jahre änderten daran nichts, und doch unterschied sich eine Sache von damals: Wenn ich jetzt an Liam dachte, durchzog mich ein Kribbeln und die Gewissheit, dass er meine Gefühle erwiderte. Ich atmete tief durch und hoffte von Herzen, dass Natalie keinen Einfluss mehr auf Liam hatte. Weder mit ihrer lieblichen Stimme noch mit ihrem Wahnsinnskörper.

Schließlich waren die beiden einige Jahre lang ein Paar gewesen. Ja, es war seltsam – die Dinge hatten sich verändert und irgendwie doch auch nicht. Schließlich war es kurz vor Weihnachten, genau wie vor fünf Jahren. Wieder war ich hier in Glenhaven ohne ihn. Und doch wollte ich in diesem Moment nirgendwo anders sein als hier bei meiner Familie. Manchmal hatte das Schicksal einen seltsamen Sinn für Humor. Oder war es der Weihnachtsgeist?

Etwas überrascht blickte ich in die Gesichter meiner Familie, zu der nun anscheinend auch Hamish gehörte. Er hatte hier übernachtet, obwohl Tante Gladys im Krankenhaus war und er damit ja niemanden in diesem Haus ärztlich betreuen musste. Mein Herz weitete sich, während ich meine Familie für einen Moment beobachtete. Hamish half Sarah dabei, ihren Toast mit einem Förmchen in Stern- und Tannenbaumform auszustechen, genau wie Tante Gladys es in der Weihnachtszeit immer für uns getan hatte. Währenddessen war Liz von der Rührung überwältigt, die diese Szene mit sich brachte. Ich freute mich so sehr für sie.

Die Kinder beendeten schnell ihr Frühstück und wollten nach draußen gehen, während wir Erwachsenen noch gemütlich am Frühstückstisch saßen.

»Die Kinder sind heute bei den Campells drüben«, erzählte Liz. »Wollen wir später gemeinsam ins Krankenhaus?«

Ich nickte, aber meine Gedanken waren bereits in eine bestimmte Richtung gelenkt. »Hamish, was müssen wir tun, um Tante Gladys über Weihnachten mit nach Hause nehmen zu können?«

Hamish sah nachdenklich aus und faltete seine Serviette sorgfältig zusammen, bevor er antwortete. »Um Gladys nach Hause zu holen, bräuchten wir in erster Linie eine qualifizierte Pflegerin, die rund um die Uhr bei ihr sein kann, um ihren Zustand zu überwachen und im Notfall eingreifen zu können. Und die notwendigen Medikamente.« Er machte eine kurze Pause und fuhr dann fort: »Ich persönlich würde das als Arzt nicht unbedingt befürworten, da es immer Risiken birgt, besonders bei jemandem in Gladys' Zustand. Aber ich verstehe, wie wichtig es für sie ist, Weihnachten zu Hause zu verbringen. Wenn ihr bereit seid, alles Notwendige zu organisieren und sicherzustellen, dass sie die bestmögliche Pflege erhält, könnte das Krankenhaus zustimmen.«

Liz und ich hörten aufmerksam zu. Ich musste meine Schwester nicht fragen, ob wir es versuchen sollten, ich kannte bereits ihre Meinung. Wir würden alles daransetzen, Tante Gladys' Wunsch zu erfüllen und sie rechtzeitig zu Weihnachten nach Hause zu holen. Unsere Blicke trafen sich, und wir wussten, dass wir uns dieser Herausforderung stellen würden. Für Gladys. Und für die Familie.

Nachdem Dr. Maxwell im Krankenhaus bestätigt hatte, dass Gladys' momentaner Zustand es unter den gegebenen Umständen erlaubte, sie zu Hause zu pflegen, war klar, was wir als Nächstes tun mussten. Die einzige qualifizierte Pflegekraft, die wir kannten, war Hillary, also führte unser Weg uns ins *St Joseph's*.

»Sollten wir nicht auch in Erwägung ziehen, Onkel Pete über Weihnachten nach Hause zu holen?«, fragte ich.

Liz, die neben mir im Auto saß, zuckte mit den Schultern. »Ehrlich gesagt weiß ich nach der Aktion vor zwei Jahren nicht, ob das eine gute Idee ist.«

Ich seufzte. Tante Gladys' Erzählungen hatten lebendige Bilder in meine Gedanken gebrannt, und ich verstand, dass Onkel Pete in seiner Demenz bereits so weit fortgeschritten war, dass selbst eine kurze, nur vorübergehende Veränderung seines Alltags ein riesiges Chaos in seiner Seele anrichten konnte. »Ich verstehe deine Bedenken«, antwortete ich. »Dennoch fühlt es sich irgendwie nicht richtig an, Onkel Pete gerade zu Weihnachten in der Pflegeeinrichtung zu lassen. Ich bin mir nicht sicher, aber hat er sich nicht genauso für Weihnachten interessiert wie Gladys?«

Liz lachte. »Nein, nicht in dem Ausmaß. Ich meine, du kennst ja Tante Gladys. Wenn sie in ihren Weihnachtsrausch verfällt, dann kann man nur mitziehen. Es gibt keine halben Sachen oder ein ›Nein, ich mache da nicht mit‹. Er wurde einfach mitgerissen, so wie wir anderen eben auch.«

Ich nickte. »Stimmt, da hast du recht.« Wir schwiegen einen Moment, ehe ich das Thema wechselte. »Und Hamish? Er ist doch öfter bei uns, oder? Scheint etwas Ernstes zu sein.«

Liz errötete leicht. »Ja, das ist es. Er mag die Kinder, und sie mögen ihn. Das ist so unglaublich toll. Und ich kann nicht glauben, dass ich das Glück habe, so einen Mann an meiner Seite zu wissen.«

»Wovon redest du da? Natürlich, wer, wenn nicht du? Ich freue mich wirklich sehr für euch. Hamish und du, ihr passt auf diese verrückte Weise wunderbar zusammen.«

Liz seufzte und zuckte mit den Schultern. »Nachdem Henry uns vor vier Jahren mir nichts, dir nichts stehen gelassen hatte, war das alles nicht so einfach. Und dann, als es mir besser ging, musste ich feststellen, dass es als alleinerziehende Frau nicht einfach ist, einen Mann zu finden.«

Ich schüttelte den Kopf. »Liegt das nicht eher an Glenhaven? Die Auswahl hält sich bei rund tausendfünfhundert Einwohnern in Grenzen. Ich halte das für veraltetes Denken. Letztendlich entscheidet doch immer noch das Herz, wo die Liebe hinfällt, oder nicht?«

Liz sah mich erstaunt an. »Und das aus deinem Mund! Das klingt ja so was von romantisch. Hast du ihn etwa wieder, deinen Weihnachtsgeist?«

Ich lachte. »Was für eine Überleitung. Was hat das bitte mit dem Weihnachtsgeist zu tun? Wie du vielleicht festgestellt hast, wird es auch dieses Jahr zu Weihnachten nichts mit der Romantik bei mir. Also nein. Wahrscheinlich habe ich ihn noch nicht wiedergefunden. Oder er mich, wie auch immer. Aber ... ich habe gekündigt!«

Liz' Augen weiteten sich erstaunt. »Wow! Das ist ein Schritt, der längst überfällig war. Und was wirst du jetzt tun wegen deiner Arbeit? Wie hat dieser Paul reagiert?«

Ich zuckte die Schultern. »Noch gar nicht. Und wie es weitergeht? Das weiß ich noch nicht. Aber jetzt feiern wir erst mal Weihnachten und setzen alles daran, Gladys nach Hause zu holen.«

»Vielleicht spricht ja doch der Weihnachtsgeist aus dir. All diese Veränderungen. Und seit einigen Tagen höre ich dich gar nicht mehr lamentieren, wie schrecklich Weihnachten doch ist, vor allem in Glenhaven. Außerdem wäre da noch Liam. Wer konnte schon ahnen, dass gerade jetzt eine große Chance auf ihn wartet. Wie geht es ihm eigentlich?«

»Gut«, antwortete ich einsilbig. Ich erzählte ihr nicht, dass er sich eigentlich kaum meldete und wie groß meine Sorge war, das Natalie erneut ihre intriganten Liebesnetze um ihn spann.

Unser Vorhaben, Hillary davon zu überzeugen, Tante Gladys über Weihnachten zu Hause zu betreuen, gestaltete sich schwieriger als erhofft.

»Und ihr erwartet wirklich von mir, dass ich an Weihnachten meine freien Tage opfere, um für euch zu arbeiten? Das kann doch wohl nicht euer Ernst sein!«, rief sie, nachdem sie realisiert hatte, warum wir bei ihr im *St Joseph's* aufgetaucht waren.

Liz sah mich hilfesuchend an. Ursprünglich hatten wir vereinbart, dass sie hauptsächlich das Gespräch führen sollte, schließlich waren Hillary und ich nie die besten Freunde gewesen. Doch jetzt musste wohl ich das Ruder übernehmen, denn Liz kam mit ihren Überredungskünsten keinen Schritt weiter.

Ich legte mir meine Rede sorgfältig zurecht, bevor ich den Mund öffnete. Nicht dass ich jetzt noch was

Falsches sagte! »Hillary, ich verstehe, dass Weihnachten für dich wichtig ist und du deine Pläne hast, aber es geht um Tante Gladys. Du weißt, wie schlecht es ihr geht, und wir brauchen wirklich deine Hilfe.«

»Natürlich habe ich Pläne«, gab sie spitz zurück und fuhr sich über ihre Uniform, ganz so, als wollte sie damit ihre Standhaftigkeit unterstreichen. Dann verschränkte sie die Arme vor der Brust. »Ich verstehe das mit Gladys wirklich. Wir wissen alle, wie wahnsinnig ernst sie Weihnachten nimmt. Erinnert ihr euch an ...«

»Also wirst du uns helfen?«, unterbrach Liz sie, und ich warf ihr einen mahnenden Blick zu. Liz rollte mit den Augen, trat dann aber einen Schritt zurück. Hillary blickte indes beleidigt drein, und ich spürte, dass es mehr brauchte, als nur auf ihre Sympathie für Gladys zu hoffen.

»Du musst das ja auch nicht umsonst machen«, erklärte ich. »Wir bezahlen dich natürlich.«

»Natürlich werdet ihr das tun. Aber es geht um Weihnachten, also ...« Mit einem Mal verstummte Hillary, und ihr Blick weitete sich. »Da gibt es tatsächlich etwas, das du für mich tun kannst, Charlie. Und dann überlege ich es mir womöglich.«

Mein Puls erhöhte sich bei dem Gedanken, dass sie doch noch zusagen würde. »Worum geht es?«

»Ich habe doch im Januar Geburtstag.« Hillarys Erklärung war so überflüssig wie ein Regenschirm in der Wüste. Jedes Jahr inszenierte sie ihren Geburtstag, als wäre es der Beginn einer Weltraummission. Schon Wochen im Voraus verkündete sie ihr bevorstehendes *»Geburtstagsevent«* und lud gefühlt das halbe Dorf ein.

Beinahe zeitgleich hoben Liz und ich eine Augenbraue und warteten auf eine Erklärung.

»Du sorgst dafür, dass Liam an meinem Geburtstag auftritt, und ich übernehme im Gegenzug die Feiertage für euch. Neben der Bezahlung natürlich. Das versteht sich hoffentlich von selbst.«

Ihr Gesichtsausdruck sagte mir eindeutig, dass sie nicht scherzte. Ich räusperte mich, auf der Suche nach einer Ausflucht. »Nun ja, ich weiß nicht, ob ich das …«

Mein Satz wurde abrupt unterbrochen, als Liz mich beiseiteschob und mit einem strahlenden Lächeln erklärte: »Hillary, das wird der Mega-Geburtstag, den du nie vergessen wirst! Charlie wird das im Handumdrehen für dich organisieren, stimmt's?« Liz boxte mich mit ihrem Ellbogen so fest in die Seite, dass ich vor Schreck zusammenzuckte.

Hillarys skeptische Miene wich unterdessen, und sie klatschte in die Hände. »Das ist wirklich großartig. Aber du musst mir versprechen, dass du es schaffst, Liam dazu zu bringen, an meinem Geburtstag aufzutreten. Dann werde ich zu Weihnachten bei euch im Cottage sein und auf Tante Gladys aufpassen.«

Liz und Hillary starrten mich an, als würde ich mit meinen nächsten Worten die Klimakrise lösen. Um ehrlich zu sein, haderte ich einen Moment mit dem Gedanken, Liam zu überzeugen, bis Liz drohend meinen Namen flüsterte.

»Schon gut. Wenn du uns bei Tante Gladys hilfst, sorge ich dafür, dass Liam an deinem Geburtstag auftritt.«

Hillary konnte sich nun ein siegessicheres Lächeln nicht verkneifen. »Abgemacht. Wir haben eine Vereinbarung!«

Mir fehlten die Worte, denn selbst wenn ich mich dazu durchringen könnte, Liam um diesen Gefallen zu bitten, war absolut nicht sicher, ob er überhaupt in Glenhaven sein könnte oder irgendwo anders ein Konzert geben musste. Worauf zur Hölle hatte ich mich da schon wieder eingelassen? Verdutzt stand ich auf der Stelle, während Liz bereits mit dem Krankenhaus telefonierte und Hillary längst in einem der Patientenzimmer verschwunden war.

Schon wenige Minuten später kam Liz strahlend auf mich zu. »Wir können Tante Gladys morgen Nachmittag abholen. Dr. Maxwell hat zugestimmt.«

Santa Claus oder doch Mr Rabbit?

Obwohl wir am Nachmittag Gladys abholen konnten und es somit ein guter Tag war, war ich den ganzen Vormittag bedrückt und gereizt. Vielleicht lag es am trüben Wintermorgen, der kalt und neblig war? Nein, ich wusste, dass es nicht nur daran lag.

Nachdem wir gestern Abend nach Hause gekommen waren, hatte ich Liam sofort eine Nachricht geschrieben und ihn gebeten, mich zurückzurufen. Ich wollte ihm von dem Fettnäpfchen erzählen, bei dem ich ihn praktisch als Geburtstagsgeschenk für Hillary angeboten hatte. Doch bisher hatte ich weder einen Anruf noch eine Nachricht von ihm erhalten. Es schien unwahrscheinlich, dass er nicht einmal ein paar Minuten finden konnte, um sich bei mir zu melden. Diese Vorstellung erschien mir absurd, und Natalies Vorhersage, dass Liam mich vergessen würde, sobald er wieder mehr Erfolg hatte, verfolgte mich. Vor allem, weil ich so dumm war, mir immer wieder die Bilder in den sozialen Medien anzusehen, die belegten, dass er zumindest genug Zeit für eine Party nach der anderen hatte. Wie konnte ich so naiv gewesen sein, zu hoffen, dass Liam und ich tatsächlich eine Chance hatten?

Als wir schließlich im Krankenhaus ankamen und das Zimmer meiner Tante betraten, fanden wir es leer vor. Panik ergriff mich, und ich wandte mich sofort an eine Krankenschwester, die gerade vorbeikam.

»Entschuldigen Sie, wo ist Tante Gladys?«, fragte ich angespannt und ging dabei automatisch davon aus, dass bereits das gesamte Personal wusste, wen ich damit meinte.

Die Krankenschwester sah in ihre Unterlagen. »Oh, Mrs McLeod ist noch bei einer Lungenfunktionsuntersuchung. Sie sollten mit Dr. Maxwell sprechen, um mehr zu erfahren.«

Liz und ich machten uns auf den Weg zu Dr. Maxwells Büro. Als wir die Tür öffneten, sahen wir in die ernste Miene der Ärztin.

»Was ist mit Tante Gladys?«, fragte ich besorgt.

Dr. Maxwell bat uns, Platz zu nehmen. »Es tut mir leid, Ihnen mitteilen zu müssen, dass sich der Zustand Ihrer Tante verschlechtert hat. Heute Morgen wurde festgestellt, dass sie Fieber bekommen hat und ihre Sättigungswerte stark gesunken sind. Es ist zu riskant, sie nach Hause zu entlassen. Wir müssen sie weiterhin hier im Krankenhaus behandeln.«

Die Worte trafen mich wie ein Schlag. Meine Hoffnungen, Tante Gladys rechtzeitig zu Weihnachten nach Hause zu bringen, waren zerschlagen. Tränen stiegen mir in die Augen, und ich kämpfte um Fassung.

»Aber gestern sagten Sie, es sei möglich, dass sie ...«

Dr. Maxwell nickte verständnisvoll. »Ja, das dachten wir gestern auch. Aber bei Patienten mit der Erkrankung Ihrer Tante können sich die Dinge schnell ändern. Es tut mir leid, dass ich Ihnen falsche Hoffnungen gemacht habe.«

Ich schluckte schwer und spürte Liz' tröstende Hand auf meiner Schulter. »Was passiert jetzt?«, fragte ich leise.

Die Ärztin erklärte, dass sie Tante Gladys' Antibiotikagabe anpassen und ihre Sauerstoffzufuhr erhöhen würden, um die Symptome zu lindern. Ansonsten wollten sie einfach abwarten, wie sich ihr Zustand nun entwickelte.

Liz und ich verließen das Arztzimmer mit einem Gefühl der Hilflosigkeit und Enttäuschung. Weihnachten mit Tante Gladys rückte in immer weitere Ferne, und die Ungewissheit über ihre Gesundheit hing wie eine dunkle Wolke über uns.

Am Abend beschloss ich, einen Spaziergang durch das winterliche Glenhaven zu machen. Die Kälte umhüllte mich wie ein eisiger Kuss, und der Nebel verschleierte die Straßenlaternen und Häuser, die ich auf meinem Weg passierte. Das Dorf schien in einen tiefen Winterschlaf gefallen zu sein, und die Einwohner hatten sich in ihre gemütlichen Häuser zurückgezogen, um der Kälte zu entkommen.

Ich schlenderte durch die engen Gassen, deren Häuser aus grauem Stein errichtet und von Efeu umrankt waren. Das sanfte Glühen der Laternen war wie ein warmes Willkommen in dieser eisigen Nacht. Die Fenster der Häuser waren von innen erleuchtet, und ich konnte das gedämpfte Lachen von Familien hören.

Es war, als betrachtete ich unser Dorf zum allerersten Mal mit offenen Augen – und ja, auch mit offenem Herzen. Die Landschaft um Glenhaven war von einer unvergleichlichen Schönheit. Die verschneiten Hügel erstreckten sich bis zum Horizont, und der Mond tauchte die Umgebung in ein silbriges Licht. Die Bäume entlang meines Weges waren mit einer zarten Schicht aus Raureif bedeckt, und die kühle Winterluft trug den Duft von Kiefern und Holzfeuern mit sich.

Während ich durch diese zauberhafte Winterlandschaft schlenderte, veränderte sich etwas in mir. Eine Geborgenheit, die ich fast vergessen hatte, erfüllte mich so sehr, dass mein Herz höherschlug. War er das, der weihnachtliche Geist, der zu mir zurückkehrte? Gerade jetzt in diesem Moment, in dem ich nachts allein durch meinen Heimatort schlenderte?

Mit einem Mal hörte ich Gladys' Stimme tief in meinem Inneren zu mir sprechen: »Der weihnachtliche Geist wird dich wiederfinden, du musst es nur zulassen. Man wird ihn nicht los, er ist tief in dir verwurzelt.« Diese Worte hatte sie mir vor nicht allzu langer Zeit gesagt, und ich hatte nur Spott dafür übriggehabt. Aber irgendetwas hatte sich in diesem Augenblick verändert. Eine neue Realität, denn Tante Gladys hatte recht gehabt. Es waren nicht die Umstände, nicht Liam, der meinen Weihnachtsgeist mit sich genommen hatte. Und es lag schon gar nicht an meinem Heimatort. Der Geist musste nicht gesucht werden, weil er mich nie verlassen hatte. Ich hatte die Tür zu ihm verschlossen, doch jetzt stand sie so weit offen, und er erfüllte mich dermaßen heftig, dass ich am liebsten laut gejubelt hätte.

Die Magie von Weihnachten war überall um mich herum zu spüren, im mystischen Nebel, der durch das Dorf waberte, in den festlichen Lichtern und der Wärme der Gemeinschaft.

Ich erkannte, dass Weihnachten immer das wichtigste Fest für unsere Familie gewesen war. Es könnte das letzte Jahr sein, in dem wir es alle gemeinsam feierten, und ich war fest entschlossen, es Tante Gladys zu Ehren zu einem unvergesslichen Erlebnis zu machen.

Im Herzen von Glenhaven, umgeben von einer verzauberten Winterlandschaft, blieb ich vor dem prächtig geschmückten Weihnachtsbaum stehen. Der Dorfkern war von einer magischen Atmosphäre erfüllt, als würde die Zeit hier stillstehen.

Die eisige Winterluft strömte bei jedem Atemzug tief in meine Lunge und erfrischte mich. Es war, als könnte ich den Hauch des festlichen Geistes einatmen, der hier in Glenhaven lebendig war. Trotz aller Widrigkeiten und Sorgen, die mir das Leben entgegenwarf, fühlte ich in diesem Moment ein Glück, das ich unbedingt mit jemandem teilen wollte. Und da gab es einen ganz besonderen Menschen, der mir sofort in den Sinn kam.

Entschlossen zog ich das Handy aus meiner Tasche und wählte Liams Nummer. Mein Herz schlug schneller, als das Freizeichen ertönte, und ich hoffte inständig darauf, seine vertraute Stimme zu hören.

»Charlie?« Liam klang leicht überrascht, aber auch freudig.

»Hey, Liam«, erwiderte ich und konnte ein Lächeln in meiner Stimme nicht verbergen. »Ich hoffe, ich störe dich nicht?«

Er seufzte. »Ob du es glaubst oder nicht, ich habe mich gerade auf die Toilette zurückgezogen, damit ich einen Moment meine Ruhe habe.«

»Das tut mir leid ... also ich ...«, stotterte ich, und ein stechender Schmerz der Enttäuschung durchzuckte meine Brust.

Aber Liam lachte und beruhigte mich. »Nein, nein! Du bist eine willkommene Ablenkung, Charlie. Du störst überhaupt nicht.«

Erleichtert atmete ich aus. »Und, wie laufen die Vorbereitungen der Tour?«

Er schwieg einen Moment, und ich spürte, dass ihn etwas bedrückte. Innerlich betete ich, dass es nichts mit Natalie zu tun hatte, dass er nicht plötzlich eine Entscheidung getroffen hatte, die unsere Zukunft infrage stellte.

Dann räusperte er sich. »Ehrlich gesagt habe ich kaum Zeit, darüber nachzudenken. Das Pensum ist wahnsinnig. Wir müssen so viele Lieder in so kurzer Zeit einstudieren, und der Druck der Plattenfirma lastet schwer auf uns.«

Das klang alles andere als erfreulich, und dennoch sah ich vor meinem geistigen Auge die Bilder, die Natalie auf Instagram gepostet hatte. »Und die Partys? Auf

Instagram sieht es so aus, als wärt ihr jeden Abend am Feiern.« Ich biss mir auf die Unterlippe, während ich auf Liams Antwort wartete.

Am anderen Ende der Leitung atmete er tief durch. »Ich weiß, wie das für dich aussehen muss. Aber glaub mir, diese Partys sind kein Vergnügen. Das Management meint, es sei wichtig, in den sozialen Netzwerken präsenter zu sein, vor allem um auch Fans in ganz Europa zu gewinnen.«

»Dafür sehen die Fotos, die Natalie postet, aber nach einer Menge Spaß aus. Ich finde …«

»Charlie!«, unterbrach mich Liam und sprach dann ruhiger weiter. »Ich habe dir vor ein paar Tagen schon gesagt, dass ich an uns festhalten möchte, und daran hat sich nichts geändert. Bitte, du musst mir vertrauen. Ich verstehe dich, und mir selbst würde es bei Gott nicht anders gehen, wenn ich an deiner Stelle wäre. Aber glaub mir, diese Partys sind reine Marketingaktionen. Die meisten Gäste sind Influencer, die Geld dafür bekommen, Fotos und Videos mit der Band zu posten. Es ist nicht so, wie es scheint, und wenn ich könnte, wäre ich lieber jede Nacht bei dir als nur eine Minute auf einem dieser Events.«

Wir schwiegen einen Moment, während ich über seine Worte nachdachte. Hatte ich überreagiert? War ich einfach viel zu dünnhäutig? Ich seufzte. »Ich will nicht mit dir streiten, Liam. Es ist nur …« Ich stoppte.

»Was bedrückt dich? Erzähl es mir.« Liams Stimme klang sanft, und ich schloss die Augen. Gott, ich vermisste ihn so sehr. »Charlie?«

»Natalie hat mich angerufen«, erklärte ich knapp.

»Natalie? Was wollte sie?«

»Sie hat von deinem Telefon aus angerufen, Liam, und mir deutlich zu verstehen gegeben, dass ich dich nicht mehr kontaktieren soll. Du müsstest dich jetzt auf die Tourvorbereitungen konzentrieren, meinte sie. Ja, und da du dich kaum meldest ... Ach, ich weiß einfach nicht, was ich denken soll. Ich bin so durcheinander.«

»Ich fasse es nicht, dass sie das getan hat. Ich spreche mit ihr, Charlie. Sie ist zu weit gegangen. Aber was uns betrifft ... Ich verstehe, dass du Angst hast und dir Sorgen um uns machst. Doch ich werde nicht zulassen, dass sich irgendjemand zwischen uns stellt. Und ich verspreche dir, dass ich mich ab sofort jeden Tag bei dir melde. Ich werde nicht immer anrufen können, die Tage sind lang und straff getaktet, aber du wirst in irgendeiner Form von mir hören.«

Während der kurzen Stille, die jetzt herrschte, hallten seine Worte in meinen Gedanken nach. Und verdammt, ich glaubte ihm. Ich atmete tief ein und aus. »Ich erwarte mindestens einen Text und ein Emoji am Tag, das ist dir klar, oder?«

Seiner Stimme hörte ich an, dass er grinste. »Versprochen. Aber jetzt möchte ich wissen, wie es dir geht. Was gibt's Neues?«

Das Eis zwischen uns war geschmolzen, und ich brannte darauf, ihm zu erzählen, was sich vor allem in mir selbst verändert hatte. »Nun ja, ich wollte dir nur sagen, dass ich den Weihnachtsgeist gefunden habe.«

Liam lachte leise, und seine Reaktion erfüllte mich mit Wärme. »Tatsächlich? Ohne mich? Wie kann das sein, erzähl mir mehr.«

Ich berichtete zuerst von meiner Kündigung bei *»So What!«* und wie erleichtert ich darüber war, dann von Tante Gladys und ihrem Aufenthalt im Krankenhaus, von unserem Versuch, sie rechtzeitig zum Weihnachtsfest nach Hause zu holen, und von Hillarys Geburtstagswunsch, den ich mit Liams Zusage verbunden hatte.

»Du hast Hillary versprochen, dass ich an ihrem Geburtstag spiele?« Liam brach in lautes Lachen aus.

»Ja, das tut mir leid«, sagte ich kleinlaut zwischen seinen Lachanfällen. »Liz scheint einer der wenigen Menschen zu sein, bei denen ich mich nicht durchsetzen kann. Und mit Hillary an ihrer Seite ... Na ja, unsere Vereinbarung ist jetzt ohnehin geplatzt, da Gladys nicht aus dem Krankenhaus kommt.«

Schon während ich die Worte aussprach, kam mir eine Idee. Sie war vage, aber dennoch ... Da Hillary ja nun an Weihnachten nicht bei uns sein würde, um ein Auge auf Tante Gladys zu haben, könnte vielleicht ...

»Charlie, bist du noch dran?«, durchbrach Liam meine Gedanken.

»Entschuldige. Was sagtest du?«

»Dass ich mir nicht vorstellen kann, dass es auch nur einen Menschen gibt, den du nicht in Grund und Boden reden kannst. Aber jetzt erzähl schon, wie war das mit dem Weihnachtsgeist?«

Und so berichtete ich ihm von meinem Spaziergang durch das verschneite Glenhaven, von den festlichen Lichtern und der warmen Atmosphäre im Dorf. Ich beschrieb, wie ich mit jedem Schritt, den ich durch Glenhaven machte, förmlich fühlte, dass sich die Tür zu einem besonderen Ort öffnete, der direkt in mir selbst lag.

Liam hörte aufmerksam zu und kommentierte ab und zu meine Worte. Als ich zum Ende gekommen war, schwieg er einen Augenblick.

»Liam? Bist du noch dran?«

Seine Antwort kam ruhig und warmherzig. »Ja, entschuldige. Ich finde es toll, dass du für dich diese Klarheit gefunden hast, und ich hoffe von ganzem Herzen, dass es Tante Gladys bald besser geht. Es ist gut, dass sie dich und Liz hat. Wir brauchen die Menschen, die wir lieben, um uns herum, besonders zu Weihnachten.«

Auch wenn seine Stimme melancholisch klang, war das der Moment, die Frage zu stellen, die mir so sehr auf der Seele brannte. »Liam, glaubst du, es besteht die Möglichkeit, dass du Weihnachten in Glenhaven sein wirst?«

Kurz herrschte Stille am anderen Ende der Leitung, bevor Liam schließlich antwortete: »Es gibt keinen Ort, an dem ich lieber wäre, aber im Moment habe ich so viele Verpflichtungen und Auftritte. Es ist einfach unmöglich.«

Mein Herz wog bei seinen Worten schwer in meiner Brust, und sosehr ich auch dagegen ankämpfte, war da diese Enttäuschung in mir. Natürlich verstand ich, wie wichtig seine Karriere war, dennoch tat es weh, seine Abwesenheit zu spüren, besonders so kurz vor Weihnachten. Jetzt, da wir uns gerade wiedergefunden hatten.

»Ich verstehe«, sagte ich schließlich und bemühte mich, möglichst gelassen zu klingen. »Ich dachte nur, versuchen kann ich es ja mal. Na ja, wenn mein Santa keine Zeit hat, wundere dich aber nicht, wenn ich Mr Rabbit, den Osterhasen, darum bitte, das Fest mit mir zu feiern.«

Liam lachte. »Untersteh dich!« Wir schwiegen einen Moment, ehe er weitersprach. »Ich vermisse dich auch. Sehr sogar, aber …« Dann hörte ich im Hintergrund ein Klopfen und kurz darauf Natalies Stimme, die nach Liam rief. »Ich muss aufhören«, flüsterte er. »Unsere Zeit kommt bestimmt bald«, sagte er noch und legte auf.

Ich schloss für einen Moment die Augen. Ja, ich vertraute Liam und glaubte seinen Worten. Und doch hatte Natalie recht gehabt. Sie war da, wenn ich es nicht sein konnte. Und daran konnte ich absolut nichts ändern.

Unmöglich – oder doch nicht?

Während Sarah und Louis sämtliche Dekorationen, die sie im Haus fanden, in Kisten packten, blieb Liz mitten im Raum stehen und legte den Kopf in den Nacken. »Oh Gott, wie sollen wir das alles schaffen? Es sind nur noch drei Tage bis zum Weihnachtstag. Bis zum Fest im Krankenhaus. Das ist doch Wahnsinn!« Ihr stand das Haar zu Berge, und es war ihr anzusehen, dass sie sich kurz vor einem Nervenzusammenbruch befand.

Liz war wie Tante Gladys eine Perfektionistin, wenn es um die Weihnachtsfeiertage ging, und sie war die ganze Nacht wach geblieben, um Checklisten zu schreiben, was alles noch gebacken und gekocht werden musste. Außerdem standen noch einige Bastelarbeiten an, die sie sich nicht ausreden ließ. Gemeinsam hatten wir die Liste bearbeitet, und als wir fertig waren, war ich in der Nachbarschaft herumgegangen, um nach Hilfe zu fragen. Überall war ich auf hilfsbereite Hände getroffen, und die Liste hatte sich am Ende ordentlich ausgedünnt. Dennoch hatte sie recht, es gab noch einiges zu tun.

»Ja, das ist wirklich eine Herausforderung«, stimmte ich deshalb zu. »Aber wir können es schaffen. Das Schwierigste haben wir schließlich schon hinter uns gebracht.«

Liz wischte sich mit dem Handrücken über die Stirn. »Ach ja? Was denn bitte?«

»Ich meine, dass wir überhaupt die Genehmigung der Klinik bekommen haben, ist schon ein Weihnachtswunder an sich. Findest du nicht?«

Liz sah mich kritisch an. »Deine Weihnachtseuphorie in letzter Zeit ist wirklich nicht auszuhalten.«

Ich lachte. Doch sie nickte und machte sich dann wieder an die Arbeit. Sicher, Gladys war erst gar nicht begeistert gewesen, dass sie das Fest im Krankenhaus verbringen sollte, aber sie hatte auch gemerkt, dass es keine andere Möglichkeit gab. Und auch wenn sie beleidigt dreinsah, als wir von der Feier in der Klinik erzählten, glänzte da trotzdem etwas in ihren Augen. Und wenn sie wieder meckern konnte, war sie sicher bald schon wieder ganz die Alte. Die Besichtigung des Aufenthaltsraumes allerdings hatte Liz' und meine Euphorie um ein Vielfaches gesenkt. Er bestand lediglich aus einigen Tischen und Stühlen, hatte keinen Charme, und ein Fenster gab es ebenfalls nicht.

Wir hatten also einiges zu tun und fingen, als wir wieder zu Hause waren, sofort damit an. Alle arbeiteten auf Hochtouren, um ein möglichst gelungenes Weihnachtsfest in der Klinik zu organisieren. Dazu gehörten das Backen vieler, vieler Plätzchen, das Basteln weiterer Dekorationen und das sorgfältige Einpacken aller Geschenke. Selbst der Weihnachtsbaum musste irgendwie nach Edinburgh gelangen. Zum Glück halfen all unsere Nachbarn tatkräftig mit, spendeten Kleinigkeiten, und Mike erklärte sich bereit, den Weihnachtsbaum mit seinem Anhänger in die Klinik zu transportieren. Wieder einmal zeigte sich, wie stark die Gemeinschaft in Glenhaven war, besonders wenn es darum ging, einander zu helfen. Es erfüllte mich mit Hoffnung, auch wenn eine Sache meine Stimmung trübte ...

Als endlich Teezeit war und ich einige Scones, Plätzchen und Schokolade auf den Tisch stellte, überkam mich wieder dieses Gefühl der Leere, weil Liam nicht bei uns sein konnte. Jede ruhige Minute erinnerte mich schmerzlich an seine Abwesenheit, und ich vermisste ihn mehr, als ich es in Worte fassen konnte. Frustriert griff ich nach ein paar Schokoladenstücken und schob sie mir in den Mund, während ich gedankenverloren aus dem Fenster starrte. Der Schnee fiel so dicht, dass die Welt draußen wirkte, als wäre sie in Watte gehüllt.

Liz griff nach meiner Hand. »Charlie, was bedrückt dich? Erzähl es mir.«

Ich berichtete ihr von meinem Telefonat mit Liam, und sie hörte aufmerksam zu. »Eigentlich würde ich ihn so gerne sehen, aber es scheint einfach unmöglich.«

Sie lehnte sich ein wenig in ihrem Stuhl zurück und runzelte die Stirn. Dann meinte sie: »Sämtliche Nachbarn sind hier, um uns zu unterstützen. Die Kinder erledigen die Bastelarbeiten erstaunlich schnell. Und in der Küche kann ich dich sowieso nicht gebrauchen. Es sind jetzt noch genau drei Tage. Wenn du Glück hast, für morgen einen Flug nach London findest und nur einen Tag bleibst, kannst du rechtzeitig wieder hier sein. Immerhin dauert der Flug nur eine Stunde. Also was spricht dagegen?«

Ich starrte sie mit großen Augen an. »Meinst du das ernst?«

Liz lachte. »Natürlich.« Dann grinste sie breit. »Wer hätte gedacht, dass ich dir dabei helfe, Glenhaven schon wieder überstürzt zu verlassen?«

Ich stand auf, ging um den Tisch herum und nahm sie fest in den Arm. »Diesmal ist alles anders. Schließlich habe ich Glenhaven sozusagen in der Tasche. Mit dem Weihnachtsgeist und Santa Claus als meine Verbündeten werdet ihr mich hier nicht so schnell los!«

Sie nickte, und auch wenn ihre Augen vor Tränen glänzten, umspielte ein Lächeln ihren Mund. »Ich weiß. Und du kannst dir gar nicht vorstellen, wie dankbar ich bin, endlich meine Schwester wieder in meinem Leben zu haben.«

Noch am selben Abend packte ich meinen Koffer. Am nächsten Tag würde mittags mein Flug nach London gehen. London, der Ort, den ich noch vor Kurzem als meine Heimat betrachtet hatte, erschien mir nun so kalt, fremd und weit entfernt. Selbst die Arbeit in der Redaktion, die mir einst so bedeutend vorgekommen war, hatte mittlerweile das Gewicht einer Seifenblase. Pauls Antwort auf meine Kündigung hatte aus steifen Floskeln bestanden, und ich zweifelte daran, ob er sie überhaupt selbst verfasst hatte. Doch ehrlich gesagt war mir das vollkommen gleichgültig. London hatte auf einmal seine Stellung als Nabel meiner Welt verloren.

Auf der anderen Seite war dort der Mensch, den ich im Moment am meisten in meiner Nähe haben wollte. Mit pochendem Herzen legte ich mich ins Bett. Nur noch eine Nacht und ein paar Stunden trennten mich davon, Liam wiederzusehen.

Zuckersüße Nachtlektüre

Das Hotel lag zentral im Stadtteil Bloomsbury, nur zwei Kilometer von meiner Wohnung in Soho entfernt, weshalb ich es schnell gefunden hatte. Bevor ich das Gebäude betrat, schüttelte ich meinen Schirm aus, der vom typischen Londoner Schneeregen ganz schwer war. Im Hotelvorraum ließ ich die matschigen und lebhaften Straßen hinter mir und atmete tief durch. Ich hatte keinerlei Pläne geschmiedet, wie es weitergehen sollte, falls ich hier auf Liam traf. Diese spontane Aktion bereitete mir nun ein flaues Gefühl im Magen. Was, wenn er nicht begeistert war, dass ich so unangemeldet auftauchte? Aber ich war nun mal hier, und ich hatte nicht vor, haltzumachen. Ich riss mich zusammen, straffte meinen Rücken und begab mich zur Rezeption, um nach Liams Zimmer zu fragen.

Der junge Mann hinter dem Tresen weigerte sich standhaft, mir die Zimmernummer preiszugeben. Mit einem unschuldigen Blick und einer Prise Engelsgeduld brachte ich ihn immerhin dazu, in Liams Zimmer anzurufen. Während er den Hörer am Ohr hatte und auf eine Antwort wartete, hielt ich gespannt die Luft an. Aber schließlich legte er mit einem Achselzucken und einem bedauernden Gesichtsausdruck wieder auf. »Es tut mir leid, Miss. Soll ich ihm eine Nachricht hinterlassen?«

Ich überlegte kurz, schüttelte dann jedoch den Kopf. »Nein, das ist nicht nötig. Ich werde ihn einfach selbst anrufen.« Der Mann runzelte die Stirn und musterte mich argwöhnisch. Bestimmt wollte er fragen, warum ich das nicht gleich getan hatte. Doch ich kam ihm zuvor. »Ist die Hotelbar für alle zugänglich oder nur für Gäste?«

»Für alle, Miss.«

Ein Drink könnte nicht schaden, und außerdem würde mir die Bar die Gelegenheit geben, mich ein wenig aufzuwärmen.

Es war erst drei Uhr nachmittags, weshalb die gedämpft beleuchtete Hotelbar so gut wie leer war. Ich entschied mich, mir einen Drink zu bestellen und mich an einem der gemütlichen Tische niederzulassen.

Während ich an meinem Getränk nippte, hielt ich mein Telefon in der Hand und tippte immer wieder Nachrichten an Liam ein, die ich dann doch wieder löschte, ohne sie abzuschicken. Verdammt! Die richtigen Worte wollten mir einfach nicht einfallen. Hier war ich, schrieb seit Jahren für die Redaktion brillante Texte, aber eine einfache Nachricht über WhatsApp schien eine unüberwindbare Hürde darzustellen.

Während ich noch in meine kläglichen Versuche vertieft war, riss mich eine Stimme aus meinen Gedanken, und ich blickte in Richtung der Bar. Es war

Liam – und dennoch blieb ich für einen Moment wie erstarrt sitzen. Mit einem Mal war ich so nervös. Er nahm am Tresen Platz, und wenig später stellte der Barkeeper ihm einen Drink hin, der von hier aus wie Whisky aussah. Irgendetwas störte mich an diesem Bild, vielleicht war es die Tatsache, dass Liam früher nie Alkohol getrunken hatte. Wie auch immer, er war hier, nur wenige Meter von mir entfernt.

Mit klopfendem Herzen stand ich auf und ging zu ihm hinüber, um ihn sanft auf die Schulter zu tippen. Wir hatten uns erst vor einigen Tagen das letzte Mal gesehen, und doch fühlte es sich ähnlich an wie unsere erste Begegnung nach den fünf Jahren, die zuvor vergangen waren.

»Liam?«

Er fuhr erschrocken zusammen, drehte sich dann jedoch zu mir um. Mir fiel vor Erleichterung ein Stein vom Herzen, als er überrascht, aber freudig aufstand, um mich fest an sich zu drücken. »Charlie ... Was machst du denn hier?«

»Ich wollte dich sehen.« Ich nahm auf dem Barhocker neben ihm Platz.

Er musterte mich intensiv, und seine grauen Augen waren in dem schummrigen Licht einige Nuancen dunkler als sonst. Erst jetzt bemerkte ich die Augenringe und die blasse Haut, die er vor ein paar Tagen noch nicht gehabt hatte. Er antwortete nicht, ergriff aber meine Hand, die er dann fest drückte.

»Du siehst grauenhaft aus, Liam. Der Rockstar-Look steht dir ganz und gar nicht.« Ich presste die Lippen aufeinander. Warum nur konnte ich nicht einfach die

Klappe halten, wenn ich unsicher war, statt unsensiblen Quatsch von mir zu geben?

Liam schien es mir nicht übel zu nehmen, denn er grinste schief, auch wenn sein Lächeln nicht in seinen Augen ankam. »Wenn, dann richtig, oder nicht?«

Ich deutete auf sein Whiskyglas, das er sich gerade zum Mund führen wollte. »Nun ja, die harten Sachen am Mittag sind sicherlich ein Schritt in die richtige Richtung.« Er lächelte gequält, und ich nahm ihm das Glas aus der Hand. »Jetzt mal im Ernst, Liam. Ist es das Leben, was du willst? Du bist nicht wiederzuerkennen.«

Liam schwieg einen Moment, ehe er mich intensiv ansah und erzählte: »Eigentlich sollte das der Höhepunkt meiner Karriere werden, und ja, die Möglichkeiten, die die Plattenfirma für uns hat, sind nicht zu vergleichen mit all dem, was ich die letzten Jahre erlebt habe. Aber ehrlich gesagt ging es mir noch nie so schlecht wie jetzt. Ich habe in letzter Zeit viel nachgedacht, über meine Musik, meine Karriere ... alles – auch über uns. Und ich zweifle gerade ziemlich an meinen Entscheidungen.«

Ein Kloß bildete sich in meinem Hals. »Was ist passiert?«

Er lehnte sich näher zu mir und senkte seine Stimme. »*Wir* sind passiert. Seit ich die Zeit mit dir verbracht habe, weiß ich, dass die Musik zwar immer einen Platz in meinem Leben haben wird, aber sie ist nicht mehr das Einzige, wofür ich leben möchte. Ich habe gemerkt, wie viel mir das zwischenmenschliche Zusammensein bedeutet, die Zeit mit den Menschen, die ich liebe. Doch jetzt ... jetzt fühle ich mich gefangen in dieser Tour, in all dem Rummel und dem Druck.«

Mit den Menschen, die ich liebe. Hatte er das gerade wirklich gesagt? Und bedeutete das also, dass er mich liebte?

Ich legte meine Hand auf seine, und er sah mich mit einem Hauch von Verzweiflung in den Augen an. »Liam, du musst auf dein Herz hören. Wenn du das tust, wirst du den richtigen Weg finden, egal, wohin er dich führt. Bitte mache dir um mich, um uns keine Gedanken. Alles wird so geschehen, wie es muss.«

Liam lächelte schwach und drückte meine Hand. »Es tut mir leid, dass du mich so sehen musst. Du bist wegen mir hier und bekommst nichts als ein Häufchen Elend.«

»Was keinen großen Unterschied zu sonst macht«, scherzte ich, worauf er mich leicht in die Seite boxte und lachte. »Siehst du, es geht doch! Manchmal liegt die Antwort genau vor uns. Du kannst tun und lassen, was immer du willst, Liam. Du bist niemandem Rechenschaft schuldig.«

Liam sah mich erneut aufmerksam an. »Ich fasse es nicht, dass du wirklich hier bist. Wie lange?«

»Nur bis morgen.«

Er nickte. »Dann sollten wir keine Zeit verlieren.« Er stand auf, reichte mir seine Hand, und ich folgte ihm in sein Hotelzimmer.

Es war bereits mitten in der Nacht, als wir uns in dem übergroßen Kingsize-Bett, das mit etlichen Laken und

Decken bestückt war, verschwitzt aneinanderschmiegten.

»Nie im Leben hätte ich gedacht, dass mir so etwas passiert«, flüsterte Liam.

»Und ich habe immer darauf gehofft.«

Er drehte sich zu mir um und schob mir sanft eine Strähne hinter das Ohr. »Du bist immer noch dieselbe, und doch sehe ich dich in einem völlig neuen Licht.«

»Und du hast dich verändert, Liam.«

»Oh, wirklich?«

Ich nickte. »Du hast endlich erkannt, dass man die Seiten im Buch des Lebens auch umblättern kann. Dass es Wendungen gibt, die uns überraschen können. Ich denke, jetzt, da du das weißt, empfindest du großen Respekt davor, die Geschichte weiterzulesen. Das ist auch der Grund, weshalb du dich so hin- und hergerissen fühlst. Es wäre leichter, alles auf die Musik zu setzen, weil dir diese Geschichte vertraut ist.«

Liam betrachtete mich nachdenklich. »In gewisser Weise hast du recht. Aber andererseits …« Er lachte und zog mich mit einem Ruck näher zu sich. Ich ließ mich in die Matratze sinken, und unsere Blicke verfingen sich erneut.

»Andererseits?«

»Ich würde diese Nachtlektüre geradezu verschlingen, nur um dann von vorne anzufangen«, sagte er mit einem Grinsen.

»Das könnte ein neuer Song werden.« Ich legte seufzend meinen Kopf auf seine Brust. »Wie soll es jetzt weitergehen?«

Zärtlich fuhr er mir über den nackten Rücken. »Ich weiß es noch nicht, aber ich verspreche dir, das wird das letzte Weihnachten sein, das du ohne mich verbringst. Wenn du das möchtest.«

Mit einem Satz setzte ich mich auf seinen Bauch. »Gerade jetzt möchte ich dich einfach nur küssen, Liam.«

Mehr als nur ein Song

Heute war also Weihnachten, der Tag, den ich seit Jahren zu vermeiden versucht hatte. Doch heute fühlte sich alles seltsam surreal an. Seit meiner Rückkehr aus London vorgestern hatte ich keine Gelegenheit gehabt, darüber nachzudenken, denn ich war in jeder Sekunde damit beschäftigt gewesen, ein gelungenes Fest mit Tante Gladys im Krankenhaus zu organisieren.

Ein Kribbeln flatterte in meinem Bauch. Es war ein Gefühl der Zuversicht, weil Gladys sich langsam erholte und sich damit abgefunden hatte, Weihnachten im Krankenhaus zu verbringen. Sie schlief mehr als üblich, aber wenn sie wach war, klingelte ständig das Telefon, denn sie hatte klare Vorstellungen und Anweisungen für das Fest. Das war typisch Gladys.

Und dann waren da noch Liam und die Gefühle, die er in mir auslöste, jedes Mal, wenn ich an ihn dachte. Ein Lächeln stahl sich auf mein Gesicht. Trotz aller Hindernisse und Unannehmlichkeiten war dieses Weihnachten eines der schönsten, an das ich mich erinnern konnte. Bis auf eine Sache – Liam war nicht bei mir. Doch ich beruhigte mich damit, dass für uns beide noch viele gemeinsame Weihnachten kommen würden.

Ich verschloss den letzten Karton, der mit ins Krankenhaus sollte, und atmete tief durch. Bald würde das Weihnachtsfest im Krankenhaus beginnen. Liz war bereits mit den Kindern dort.

Gerade als ich mir die Stiefel anziehen wollte, vibrierte mein Handy. Eine Nachricht von Liam erschien auf dem Display:

Liam:
Schalte auf Edinview TV!

Ich runzelte die Stirn und las die Nachricht erneut. Er wollte, dass ich den lokalen Fernsehsender einschalte? Mit einem mulmigen Gefühl knipste ich den Fernseher an und suchte das entsprechende Programm. Ein rotes Banner zog sich quer über das Standbild, auf dem ich Liam und seine Band sah. Mein Herz schlug schneller, als ich den Text auf dem Banner las: *Breaking News!!! EchoVerse trennt sich nach über sechs Jahren – gleich das exklusive Interview!*

Wie bitte? Was? Ich keuchte ungläubig und musste mich erst einmal setzen. *EchoVerse*, Liams Band, löste sich auf? Ich fragte mich, ob das live übertragen wurde, und wartete angespannt. Dann wechselte das Standbild zu einer bewegten Aufnahme der Band vor einem Gebäude.

Liam stand in der Mitte der Gruppe, sein Blick war ernst und entschlossen. »Ich wollte euch allen mitteilen, dass ich mich entschieden habe, nicht mehr Teil von *EchoVerse* zu sein.«

Ein Raunen ging durch die Menge der Fans im Hintergrund. Natalie sah Liam nur einen kurzen Moment an, bevor sie wie die anderen Bandmitglieder betroffen zu Boden blickte.

Liam fuhr fort: »Diese Entscheidung fiel mir nicht leicht, aber ich habe das Bedürfnis, neue Wege in meiner Musikkarriere zu erkunden und mich kreativ weiterzuentwickeln.« Er schwieg für einen Moment, ehe er sich räusperte und weitersprach. »Und es gibt noch etwas, das ich euch mitteilen möchte. Das Lied *›Süßer die Küsse nie schmecken‹*, unser großer erster Hit, stammt von einer sehr talentierten Texterin.« Mein Herz schlug schneller, und ich rutschte noch ein wenig auf dem Sessel nach vorn. »Die Songwriterin ist eine Frau, die mir sehr am Herzen liegt und die mir geholfen hat, diese Entscheidung zu treffen.« Dann trat er etwas näher an die Kamera heran. »Ich hoffe, du siehst zu, Charlotte McAllister. Ich möchte dir von Herzen danken. Du warst früher mein Wegweiser, auch wenn ich das nicht gesehen habe. Heute bist du mehr als das. Du bist meine Vertraute, mein Anker, für immer meine beste Freundin und die Frau, der mein Herz gehört. Ich liebe dich!«

Erneut ging ein Raunen durch die Menge, und vor Schreck drückte ich den Ausschaltknopf des Geräts. Hatte Liam das wirklich getan?

Mit zitternden Fingern wischte ich mir die Tränen von den Wangen und griff nach meinem Handy, um ihn anzurufen. Er ging nicht ans Telefon, doch ich sprach ihm auf die Mailbox: »Du bist verrückt geworden! Aber ich ... ich liebe dich auch, du durchgeknallter Santa Claus. Ruf mich an!«

Wir hatten es geschafft. Die letzten Vorbereitungen für das Weihnachtsfest im Krankenhaus waren endlich abgeschlossen. Gemeinsam mit Liz und den Zwillingen hatten wir den Aufenthaltsraum in ein festliches Wunderland verwandelt, und das, obwohl meine Finger die ganze Zeit gezittert hatten, als stünde ich unter Strom. Ich konnte noch immer nicht fassen, was Liam getan hatte, und sah in jeder klitzekleinen freien Minute auf mein Handy. Noch auf dem Weg ins Krankenhaus hatte ich mehrfach versucht, ihn zu erreichen – ohne Erfolg. Und auch von ihm war keine Antwort gekommen. Ich atmete tief durch. Hier und jetzt musste ich mich auf das Fest konzentrieren, für Gladys, für Liz und all die Menschen, die hier waren und nicht zu Hause in ihrer vertrauten Umgebung sein konnten.

Lichterketten glitzerten an den Wänden, bunte Papiergirlanden hingen von der Decke herab, und in der Ecke thronte stolz unser Weihnachtsbaum, den Mike aus dem Cottage geholt hatte. Wir hatten uns mit der Klinik darauf geeinigt, die Feier am Abend abzuhalten, um den normalen Tagesablauf nicht zu stören. So kam es, dass sogar einige der Krankenschwestern, die nicht im Dienst waren, vorbeikamen, um Teil des festlichen Treibens zu sein. Auch die Angehörigen der übrigen Patienten freuten sich über die Gelegenheit, mit ihren Liebsten und allen anderen zu feiern.

Und ja, auch meine Familie war vereint. Denn die Überraschung, die mir während meines Gesprächs mit Liam in den Sinn gekommen war, war gelungen: Hillary begleitete Onkel Pete als Pflegekraft zur Weihnachtsfeier ins Krankenhaus. Klar pochte sie immer noch darauf, dass Liam an ihrem Geburtstag auftrat, aber das würde ich auch noch hinbekommen. Onkel Pete kannte Hillary aus dem Pflegeheim, und sie wusste, was zu tun war, sollte es ihm schlechter gehen. Die Blicke von Liz und Tante Gladys, als sie Pete im Krankenhaus entdeckten, waren unbezahlbar. Sie zauberten fliegende Schneeflocken in meinen Bauch und lösten ein kribbelndes Gefühl der Freude aus. Selbst die Kinder hatten keine Berührungsängste, was vielleicht auch daran lag, dass Onkel Pete an diesem Tag außergewöhnlich gut drauf war – zum Glück. Es erfüllte mich mit Wärme und Stolz, meine Familie so glücklich vereint zu sehen. Das Fest würde gelingen, weil wir alle zusammenhielten.

Jeder hatte etwas zum Festmahl beigesteuert. Neben Liz' köstlichem gebratenem Truthahn gab es viele schottische Leckerbissen wie Haggis und Neeps and Tatties. Jemand hatte sogar kreative Schneemänner aus den gestampften Karotten und Kartoffeln geformt. Auf dem Desserttisch standen köstliche Shortbread-Kekse, und Cranachan, mein persönlicher Favorit zu Weihnachten, wurde in hübsch dekorierten Gläsern serviert, mit Schichten aus Sahnecreme, Himbeeren und zarten Haferflocken.

Ich war überwältigt von der Herzlichkeit und Hilfsbereitschaft der Menschen hier. Mit einem zufriedenen

Lächeln ließ ich meinen Blick über den sonst eher nüchternen Aufenthaltsraum schweifen.

»Ist das nicht großartig?«, bemerkte Liz, die plötzlich neben mir auftauchte und mir einen freudigen Stoß mit dem Ellbogen verpasste. Neben ihr, in professionellem Abstand, stand Hamish in seinem weißen Oberarztkittel.

Ich beugte mich ein wenig zu Liz, um ihr leise ins Ohr zu flüstern: »Ist es denn schon offiziell?«

Sie drehte sich so, dass Hamish es nicht hören konnte. »Pst, wir sind hier an seinem Arbeitsplatz. Er ist schließlich Oberarzt, also ...«

Ich rollte mit den Augen und schüttelte den Kopf.

»Aber was ist mit dir und Liam? Wir konnten uns noch gar nicht richtig unterhalten.«

Bevor ich ihr antworten konnte, wurde ich jäh unterbrochen. »Liz, der Dudelsackspieler ist da!«

Kaum hatte der Dudelsackspieler die ersten tiefen, dröhnenden Klänge gespielt, verstummte der Raum. Jung und Alt, Krank und Gesund blickten gebannt in die Richtung des Musikers, der mit dem Dudelsack ein melancholisches Lied anklingen ließ. Einige Zeit später wechselte er gekonnt zu dem heiteren Lied *I saw three ships*. Einige tanzten, und diejenigen, die dazu nicht in der Lage waren, klatschten in die Hände oder sangen mit. Der Raum war erfüllt von einer lebendigen, herzlichen Stimmung, die jeden mitriss.

Das breite Lächeln auf Gladys' Gesicht war unübersehbar, als der Dudelsackspieler die Melodie von *Deck the Halls* anstimmte. Auch die anderen Patienten im Raum lächelten voller Freude und genossen den Moment in vollen Zügen. Nachdem der letzte Ton verklungen war, brach begeistertes Klatschen im gesamten Zimmer aus.

Am Ende des Festes brachten Liz, die Kinder und ich Gladys zurück in ihr Zimmer. Die festliche Atmosphäre des Weihnachtsabends hatte sie erschöpft, aber ein zufriedenes Lächeln lag auf ihrem Gesicht. Ihr Zimmer war ebenfalls weihnachtlich geschmückt, und der Schein der Lichterketten erhellte den Raum.

Gladys setzte sich auf ihr Bett und sah uns nacheinander an, ihre Augen waren voller Dankbarkeit und Liebe. Ihr Blick blieb auf mir ruhen, und ich spürte, wie meine Wangen warm wurden. »Meine lieben Nichten.« Ihre Stimme war leise, aber fest. »Ich kann gar nicht in Worte fassen, wie dankbar ich euch bin. Ihr habt mir das schönste Weihnachtsfest geschenkt, das ich mir vorstellen kann. Und das, obwohl ich hier festsitze.« Während sich Liz eine Träne von der Wange wischte, streckte mir Tante Gladys die Hand entgegen und winkte mit der anderen Liz und die Kinder näher zu sich. »Es gibt kein größeres Geschenk, als zu wissen, dass der Weihnachtsgeist in euren Herzen lebendig ist.«

Liz lächelte warm und nickte zustimmend, während die Kinder sich still neben Gladys stellten und sich an sie schmiegten.

Gladys fuhr fort: »Charlotte, danke auch dir, dass du endlich zur Vernunft gekommen bist und Weihnachten nicht mehr die kalte Schulter zeigst. Dass ich das noch erleben darf!«

»Du kennst mich, Tante Gladys. Aber der Weihnachtsgeist lässt wohl nicht locker.«

Tante Gladys lachte rau und unterdrückte ein Husten. »In deinem Fall war das vielmehr Santa Claus, nicht wahr?«

»Woher weißt du ...?«, fragte ich gespielt entsetzt und winkte dann ab. »Ihr habt mir gezeigt, dass die Liebe und die Verbundenheit in unserer Familie stärker sind als alle Widrigkeiten. Ich bin so stolz darauf, Teil dieser wunderbaren, verrückten Familie zu sein. Zu Weihnachten und an jedem anderen Tag des Jahres. Ihr bleibt für immer meine erste Adresse, sollte sich der alte Grinch in mir wieder melden.«

Wir lachten herzhaft, wobei sich nun Tante Gladys eine kleine Träne nicht verkneifen konnte, die sich verstohlen über ihre Wange stahl. Es war ein Augenblick der Liebe und des Zusammenhalts, den wir alle für immer in unseren Herzen tragen würden.

Noch auf dem Nachhauseweg war ich mir sicher gewesen, dass ich gleich wie ein Sack in mein Bett fallen würde. Dem war nicht so. Immer wieder schaute ich auf mein Telefon, doch noch immer keine Nachricht und auch kein Anruf von Liam. Ich wälzte mich im Bett hin und her und schaltete dann die Nachttischlampe an, nur um nun an die Zimmerdecke zu starren. Nervös tippte ich mit den Zeigefingern gegen meine Daunendecke und war von mir selbst genervt. Also stand ich auf, um mir ein übrig gebliebenes Kuchenstück zu holen.

Kaum war ich in meinen Kuschelpullover geschlüpft, hörte ich ein leises Geräusch von draußen. Ein dumpfes Ploppen und dann noch eines. Verwirrt trat ich näher ans Fenster und blickte hinaus. Mein Herz setzte einen Schlag aus, als ich Liam im Garten stehen sah, wie er Schneebälle in Richtung meines Fensters warf.

»Liam!« Ich öffnete das Fenster und rief leise hinunter, um die Kinder und Liz nicht zu wecken.

Liam schaute zu mir herauf, und trotz der Dunkelheit meinte ich, seine weißen Zähne erkennen zu können. »Hey!«

Ich konnte es kaum fassen. In der eisigen Kälte stand er da, kurz vor Mitternacht, an diesem Weihnachtstag. »Warte, ich lasse dich rein!«, wisperte ich.

Kaum waren wir in meinem Zimmer angekommen, zog Liam mich an sich und küsste mich mit eiskalten Lippen. Sofort durchfuhr mich ein wohliger Schauer.

»Ich habe dich so vermisst, Charlie«, raunte er gegen meine Lippen. »Ich konnte einfach nicht anders. Ich musste bei dir sein, bevor Weihnachten vorüber ist. Schließlich habe ich noch eine Weihnachtsmission zu erfüllen.«

Tränen der Freude sammelten sich in meinen Augen, als mir klar wurde, was er vorhatte. Ja, das Einzige, was meinem perfekten Weihnachtstag gefehlt hatte, war er. »Du bist verrückt.«

Liam löste sich langsam von mir und griff nach seiner Gitarre, die er mit ins Zimmer genommen hatte. »Ich habe eine Überraschung für dich, Charlie.« Er atmete tief durch. »Während der Tage ohne dich kam mir der Gedanke, dass alles mit diesem einen Lied begann. Ein Lied, das du von Herzen für mich geschrieben hattest. Es wird von so vielen Menschen geliebt, obwohl du es nur für mich gemacht hast, um mir deine Liebe zu gestehen.« Er hielt kurz inne. »Ich möchte es dir zurückgeben, und ich habe ein paar Dinge daran geändert.«

Ich nickte, und wir setzten uns gemeinsam auf mein Bett. Sein dunkles Haar war vom Schnee draußen leicht feucht. Als er sanft über die Saiten seiner Gitarre strich, erfüllten die warmen, vollen Töne den Raum, und die vertraute Melodie vibrierte in mir. Eine Gänsehaut überzog meinen gesamten Körper, als Liams rauchige Stimme mit der Melodie verschmolz und er leise sang:

»Süße, deine Küsse schmecken niemals
so gut wie zur Weihnachtszeit.
Wie konnte ich sie all die Jahre über vermissen?
So süß deine Küsse auch schmecken,
besonders zur Weihnachtszeit,
gibt es nur eines, das möchte ich nicht missen:
dein Herz zu aller Zeit.«

Liam sang weiter über unsere gemeinsamen Abenteuer, unsere Freundschaft und die Liebe, die heute zwischen uns blühte. Es war eine Ballade, die nur für uns beide bestimmt war.

Als er geendet hatte, lächelte er mich an und legte die Gitarre beiseite. »Frohe Weihnachten, Charlie.«

Ich erwiderte sein Lächeln mit Tränen der Freude in den Augen. »Das ist das schönste Weihnachtsgeschenk, das ich je bekommen habe.«

Dann beugte ich mich vor und küsste ihn sanft. Der Schnee draußen mochte kalt sein, aber in diesem Moment fühlte sich alles warm und voller Liebe an. Liam und ich hatten den Weihnachtsgeist in unsere Herzen gelassen, und wir wussten, dass süßer die Küsse nie schmecken würden.

Epilog

Anfang Mai hatte sich der Winter endgültig verabschiedet. Die schottischen Highlands präsentierten den Frühling in seiner vollen Pracht. Die Natur erwachte aus ihrem Winterschlaf und verzauberte ihre Zuschauer mit einem malerischen Farbenspiel aus bunten Blumen wie Krokusse, Narzissen und Schneeglöckchen. Die Wälder, die sich noch vor Kurzem in ein frostiges Grau gehüllt hatten, explodierten nun förmlich in lebendiges Grün. Zarte Blätter und Blütenknospen schmückten die Bäume, und das frische Laub raschelte leise im Wind. Er füllte die Luft mit dem süßen Duft der Erneuerung. Die sanften Hügel und Berge, die für unser Land so charakteristisch waren, wurden von einem Teppich aus saftigem Gras überzogen.

Und woran dachte ich? An das nächste Weihnachtsfest, das ich organisieren wollte.

Nervös wartete ich darauf, dass zu Hause jemand ans Telefon ging, und atmete erleichtert durch, als Tante Gladys sich meldete. »Du schon wieder? Es ist Mai, Charlie, noch genug Zeit, sich darüber Gedanken zu machen, wie wir das nächste Weihnachtsfest gestalten.«

Das sagte gerade die Richtige, dachte ich und schmunzelte dann doch. War ich doch diejenige, die sich Jahr für Jahr darüber beschwert hatte, dass Gladys ihre Weihnachtsvorbereitungen bereits im September startete. Aber dieses Jahr war es dennoch vollkommen anders. Der Neuanfang, den der Frühling mit sich brachte, hielt für uns einige Herausforderungen bereit.

»Dann möchtest du also lieber darüber sprechen, wie es weitergehen soll, wenn Liz und die Kinder demnächst in Hamishs Haus ziehen.«

»Was gibt es da zu besprechen?«

Ich seufzte. »Abgesehen davon, dass du das Weihnachtsfest nicht allein ausrichten kannst oder sollst – wie wirst du zurechtkommen ohne Liz und die Kinder?«

Gladys schnaubte abfällig, und ich nahm schon mal am Küchentisch Platz. »Ich habe mein ganzes Leben lang ganz erfolgreich ohne Hilfe durchgestanden. Daran wird sich nichts ändern. Also, wenn du weiterhin nichts zu erzählen hast, dann entschuldige mich bitte. Die Gartenarbeit wartet auf mich. Und was Weihnachten betrifft, darüber sprechen wir im September.«

Liam, der gerade einen Gitarrenschüler verabschiedet hatte, betrat die Küche und zog mich zu sich. Ich lehnte mich an seine Brust.

»Tante Gladys macht mich wahnsinnig.«

Liam lachte leise. »Hast du wieder wegen Weihnachten genervt? Nun ja, es ist Mai, Charlie. Es ist noch nicht die Zeit, um über Weihnachten zu sprechen.«

Ich seufzte erneut. »Ich weiß, aber es geht um so viel mehr. Tante Gladys kann unmöglich alleine zu Hause bleiben. Ja, jetzt nach dem Winter hat sich der Zustand ihrer Lunge deutlich verbessert. Doch wir wissen alle, dass ihre Erkrankung chronisch ist, zudem wird sie nicht jünger. Und ins Pflegeheim? Das wird sie niemals tun.«

»Das verstehe ich. Aber was hat das mit dem Weihnachtsfest zu tun?«

Ich legte den Kopf leicht in den Nacken und dachte über seine Frage nach. »Dass ich nicht mehr bei ihr lebe, ist eine Sache, daran haben wir uns alle gewöhnt. Aber wenn Liz mit den Kindern auszieht und Tante Gladys irgendwann allein nicht mehr zurechtkommt, was wird dann aus uns, aus der Familie und dem Ort, der uns immer zusammengehalten hat?«

Liam betrachtete mich nachdenklich. »Du verbindest Weihnachten mit Familie und Zusammenhalt und hast Angst, dass du sie verlierst, wenn sich alles ändert und ihr am Ende womöglich das Haus nicht mehr habt. Ich verstehe.« Er zog mich näher an sich und küsste meinen Scheitel. »Es wird eine Lösung geben. Und egal, wo ihr euch befindet, du wirst deine Familie immer haben.«

»Ich weiß doch, aber ich kann mir das einfach nicht vorstellen. Es stecken so viele Erinnerungen in dem Haus, und Gladys gehört auch dorthin. Das sehe ich wie sie. Aber natürlich soll Liz ihr Glück ebenso finden. Es ist zum Verrücktwerden.«

Dann schob er mich leicht von sich und sah mich aufmerksam an. »Und wenn wir zu deiner Tante nach

Glenhaven ziehen? In das Cottage? Dann wäre sie nicht alleine.«

»Aber wir leben erst seit drei Monaten in Edinburgh«, entgegnete ich skeptisch. »Du hast hier schon ein paar Schüler akquiriert und deine Solokarriere ...«

Liam lächelte und zuckte mit den Schultern. »Meine Solokarriere kann ich auch von Glenhaven aus vorantreiben. Edinburgh ist nicht weit weg, und ein paar Schüler werde ich schon wieder finden. Außerdem habe ich den Eindruck, dass du mit deinen Honoraraufträgen gut zu tun hast. Und wer weiß, vielleicht klappt es ja mit dem Job bei *›FauxFocus‹*.«

Allein der Name des Satiremagazins erzeugte ein Kribbeln in meiner Magengegend. Ich hatte dort bereits zwei Vorstellungsgespräche gehabt und sollte bald erfahren, ob sie mich als Journalistin einstellen wollten. Es wäre zwar nur eine Teilzeitstelle, aber zusammen mit meinen Honoraraufträgen – da hatte Liam recht, ich war gut beschäftigt – könnte es funktionieren. Und das Beste war, dass ich nicht täglich in der Redaktion erscheinen müsste, sondern den Job auch im Homeoffice erledigen könnte. Noch vor einem Jahr hatte ich geglaubt, die geborene Journalistin für ein Modemagazin zu sein – und jetzt? Ich brannte darauf, mit meinen Worten so viel mehr zu bewegen. Und war nicht meine große Klappe eine meiner Kernkompetenzen?

Liam riss mich aus meinen Gedanken. »Weißt du, was mir ein kluger Mensch einmal gesagt hat?«

Ich legte den Kopf schief. »Nun, spuck's aus!«

»Das Leben ist wie ein Buch, das auf jeder Seite neue Wendungen bereithalten kann. Hin und wieder müssen wir die Seite mutig umschlagen, um zu erfahren, was es für uns bereithält.«

»Das soll ich gesagt haben? Das klingt ja fast kitschig.«

Liam lachte laut auf. »Wer weiß, vielleicht war das der Weihnachtsgeist in dir? Wie auch immer, was hältst du von meiner Idee?«

Ich überlegte und wog seine Worte in Gedanken ab. »Das kann nur der durchgeknallte Weihnachtsgeist gewesen sein. Oder glaubst du, ich würde so einen Quatsch von mir geben? Aber im Ernst, du hast recht. Solange wir mit den Menschen zusammen sind, die wir lieben, wird es immer eine Lösung für die Zukunft geben. Also …«

Liam griff nach meiner Hand, und ich drückte sie fest. Vor Freude, vor Aufregung und vor Erwartung. »Dann lass uns das tun! Wir ziehen zurück nach Glenhaven!«

ENDE

Nachwort

Liebe Leserin, lieber Leser,

es ist an der Zeit, meine Gedanken in Worte zu fassen und mich bei all den wunderbaren Menschen zu bedanken, die zur Realisierung von »Süßer die Küsse nie schmecken: Weihnachtsliebe in Schottland« beigetragen haben.

Dieses Buch ist mein erstes, das in die schillernde Welt des weihnachtlichen Geschichtenerzählens eintaucht. Und ich muss zugeben, ich war ein bisschen nervös, immerhin habe ich Charlie, den Weihnachtsmuffel, in die festliche Jahreszeit geschickt. Doch während ich mit ihr durch den vorweihnachtlichen Wahnsinn stolperte, durfte ich viel von ihr lernen. Ich habe so einige Parallelen zu mir selbst erkannt, besonders was den Frust über den kommerziellen Weihnachtstrubel anbelangt.

Letztendlich erinnert uns »Süßer die Küsse nie schmecken« daran, dass Liebe und Gemeinschaft abseits des ganzen Trubels der wahre Kern von Weihnachten sind. Dies wird uns oftmals erst bewusst, wenn wir in unseren kuscheligen Weihnachtspullis als Familie am Weihnachtsabend zusammenkommen. Egal, wie grell die Lichterketten blinken und wie oft wir nun schon die nervtötenden Weihnachtsevergreens im Radio trällern gehört haben – spätestens in diesem Augenblick sind die überbordenden Weihnachtsvorbereitungen Schnee von gestern und vergessen.

Die Liebe hat die Kraft, die dunkelsten Kapitel in unserem Leben zu erhellen. Und mit einer ordentlichen Prise Humor wird der Festtagswahnsinn um einiges erträglicher. Charlie durfte genau das erleben und hat es uns mit ihrer humorvollen Art vor Augen geführt. Und ich kann ehrlich sagen, dass ich mich auf die Weihnachtszeit jetzt mehr freue als je zuvor. Es ist schon erstaunlich, was eine fiktive Weihnachtshasserin bewirken kann. Ich hoffe, meine kleine Geschichte konnte genau diese Freude auch in deinem Herzen wecken.

Aber ich möchte dich nicht aus diesem Buch entlassen, ohne dass ich ein paar dicke Dankeschöns loswerde:

Ein riesiges Dankeschön geht an meine unermüdlichen Lektorinnen Astrid Frei Töpfner und Susanne Jauss, die meine Texte so gründlich redigieren, dass selbst die fleißigsten Weihnachtswichtel beeindruckt wären.

Und natürlich möchte ich meine fantastischen Testleser Gabriela Calsow, Julia Steinbach und Madleine Möcker hervorheben, die beim letzten Schliff des Buches geholfen und mir noch einmal ganz andere Sichtweisen aufgezeigt haben. Ihr seid die Besten! Ich danke euch.

Danke, liebe Michelle Schrenk, für das zuckersüße Cover zur Geschichte. Ich liebe es. Süßer die Cover nie werden als von dir! :-)

Und du, liebe Leserin oder Leser, bist der leuchtende Stern in meiner Weihnachtsbaumbeleuchtung. Dir gebührt mein besonderer Dank. Denn ohne dich wäre das Schreiben für mich nicht mehr als bloßes Geschreibsel und ungefähr so aufregend wie eine Schneeballschlacht ohne Schnee. Dein Interesse und deine Unterstützung machen meine Bücher lebendig und bedeuten mir die Welt! Danke von Herzen!

Ich wünsche dir eine fröhliche Weihnachtszeit voller Humor, Liebe und Geschichten, die dein Herz erwärmen – zwischen den Buchdeckeln, aber vor allem auch im wahren Leben.

Mit lachendem Herzen und großen Plänen für die nächsten Geschichten ...

Bis wir uns wiederlesen,
deine Emily

Melde dich jetzt auf meiner Website emilyferguson.de für meinen **Newsletter** an, verpasse keine Neuigkeiten und Aktionen und erhalte **exklusiv und kostenlos** ein leckeres Rezept für Cranachan, Charlies liebstes Weihnachtsdessert.

Verpasse keine Veröffentlichung oder Preisaktion:
Du willst keine Veröffentlichung oder Preisaktion meiner Bücher verpassen? Dann folge mir gern auf meiner Amazon-Autorenseite. Klicke dazu einfach auf den **Folgen**-Button direkt neben meinem Foto.

Danke, dass du meine Bücher liest.

Nachfolgend findest du weitere Bücher von mir, die ich dir ebenfalls ans Herz legen möchte.

KÜSSE IN DER POLARNACHT

Mein Beitrag zur »Liebe auf Schwedisch«-Winterreihe

Elina hat mit dem Sundberghus, dem Bed and Breakfast der Familie, alle Hände voll zu tun. Das Haus ist marode und bedarf einiger Renovierungen. Dass gerade jetzt ein Wellnesshotel im Dorf eröffnet, dessen Besitzer kein Geringerer ist als Elinas Ex-Freund Niklas, erschwert das Ringen nach Gästen, die sie dringend braucht.

Niklas hat sich seine Rückkehr nach Lillaström problemloser vorgestellt. Denn auch wenn sein Wellnesshotel alle Erwartungen übertrifft, sind es die Dorfbewohner, die es ihm schwer machen. Allen voran Elina, seine Jugendliebe. Eine eingeschneite Nacht mit Elina in einem Möbelhaus weckt Gefühle, die Niklas längst vergessen glaubte. Er macht es sich zur Aufgabe, Elinas Vertrauen zurückzugewinnen. Aber wann ist der richtige Zeitpunkt Elina zu erzählen, dass eine weitere Frau in seinem Leben eine wichtige Rolle spielt? Wahrscheinlich nicht nach der ersten, perfekten Datenacht, oder?

Ein winterlicher Wohlfühlroman über zweite Chancen und den Mut zu träumen. So aufregend wie Küsse in der Polarnacht im Örtchen Lillaström in Schweden.

LIEBE IM SOMMERSTURM

Mein Beitrag zur »Liebe auf Schwedisch«-Sommerreihe

Jesper ist gern für sich und mag es ruhig. Dass er jetzt in seinem wohlverdienten Urlaub als Lehrer arbeiten muss und dazu noch den pubertierenden Sohn seiner Schwester aufs Auge gedrückt bekommt, passt ihm gar nicht in den Kram. Schlimmer wird es nur noch, als er dazu genötigt wird, an Lillaströms Singlebörse teilzunehmen. Mit der alleinerziehenden und quirligen Sam als sein Match kann das ja nur schiefgehen, oder?
Sams Traum von der eigenen Praxis als Physiotherapeutin gestaltet sich schwierig. Auch ihrem Sohn Henry fällt der Anschluss im schwedischen Örtchen Lillaström schwer. Doch dann wird er in die Kubbmannschaft aufgenommen, deren Trainer kein Geringerer ist als Sams Match aus Lillaströms Singlebörse. Dass Jesper ihr auch noch ihre geliebten Zimtschnecken wegkauft, ist nur noch ein Grund mehr, sich nicht mit ihm zu treffen. Zu dumm, dass Jesper nicht nur sexy ist, sondern auch mit seiner Geduld und dem unermüdlichen Einsatz für seine Schüler und seinen Neffen ihr Herz höherschlagen lässt.

Ein sommerlicher Wohlfühlroman im schwedischen Örtchen Lillaström – süß wie Zimtschnecken zu Mittsommer und prickelnd wie Küsse im Sommerregen.

MEHR ALS EIN VIELLEICHT

Wenn das pure Chaos auf entspannte Gelassenheit trifft, gibt es kein »Vielleicht« für die Liebe – oder etwa doch?

Eine heruntergekommene Bruchbude am Strand, ein nackter Mann und diebeslustige Affen – das Paradies hat sich Mira wahrlich anders vorgestellt. Ein Grund mehr, das Haus ihres Bruders in Costa Rica so schnell wie möglich zu verkaufen, um mit dem Erlös ihr chaotisches Leben zu Hause in Deutschland wieder in Ordnung zu bringen.
Aber das ist leichter gesagt als getan. Denn Jannik, ihr Nachbar im Paradies, will nicht nur den Verkauf verhindern, sondern lässt ihr Herz auch höherschlagen. Dabei hat Mira der Liebe eigentlich abgeschworen …
Jannik führt in Costa Rica ein ruhiges, relaxtes Leben, von dem viele träumen. Dass die neue Nachbarin Mira durch den Verkauf ihres Hauses ihm und dem ganzen Dorf die Lebensgrundlage nehmen könnte, erhöht den Stressfaktor für ihn erheblich. Und auf die Gefühle, die die temperamentvolle Mira in ihm auslöst, könnte er auch gut und gern verzichten.

Eine Liebesgeschichte der Gegensätze inmitten der tropischen Kulisse Costa Ricas, kribbelnd wie warmer Sommerwind.

WENN WIR LIEBE FINDEN

Die berührende Geschichte über eine junge Frau und ihre Reise ans Ende der Welt. Eine Reise zu sich selbst und zu einer Liebe, die unmöglich scheint.

Florinia Santos fühlt sich in ihrem strukturierten Alltag sicher: arbeiten, hin und wieder Freunde treffen und sich um das alte Haus kümmern, das sie von ihrer Mutter geerbt hat.
Und so ist sie ganz und gar nicht begeistert, als sie bei einem unerwarteten Notartermin von der seltsamen Forderung ihrer Mutter erfährt: Sie soll diese sichere Routine aufgeben, um nach ihren unbekannten argentinischen Wurzeln zu suchen.

Aber dann lernt sie den attraktiven Josh kennen, der in nur einer Nacht all ihre Glaubensgrundsätze über Bord wirft. Es beginnt eine Reise, mit der Florinia niemals gerechnet hätte: ans andere Ende der Welt, zu sich selbst und zu einer Liebe, die unmöglich scheint.

Leserstimme:
»Für mich war es das erste Buch der Autorin, aber sicherlich nicht das letzte! Daher eine ganz große Leseempfehlung, die besonders auch an diejenigen gerichtet ist, die auf der Suche nach einer etwas anderen und eben nicht so typischen Liebesgeschichte sind.«

ALL DIE TAGE OHNE DICH

Ein berührender Roman um Liebe, Verlust und die Kraft des Neuanfangs.

Nichts Festes, keine Zahnpastatragödien und keine Lügen. Max' Vorschlag klingt für Anni nach der perfekten Vereinbarung. Denn als sie ein Stellenangebot in Nürnberg annimmt, möchte sie einen Neuanfang, aber sicher keine feste Beziehung. Wären da nicht die zarten Gefühle, die es bald unmöglich machen, diese Abmachung einzuhalten.

Als sie dann ein Brief aus Sardinien von ihrem seit Jahren im Koma geglaubten Ex-Freund Daniele erreicht, gerät Annis Welt aus den Fugen. Sie reist auf die Insel. Aber statt mit der Vergangenheit abzuschließen, muss sie sich fragen: Kann es einen Neuanfang mit Max geben, wenn womöglich in der Vergangenheit nach all den Tagen doch noch Liebe verborgen liegt?

Leserstimme:
»›All die Tage ohne dich‹ ist eine tiefgründige Story, die mich sehr gut unterhalten hat, rund um Liebe, Verlust und Neuanfang, gespickt mit fast schon poetischen Sätzen. Ich kann das Buch uneingeschränkt empfehlen, es zählt zu meinen Jahreshighlights.«

Printed in Poland
by Amazon Fulfillment
Poland Sp. z o.o., Wrocław

28433349R00133